AF283036

ANTOLOGÍA
de relatos, novelas cortas y poemas del siglo XXI

Biblioteca de Autores Griegos Contemporáneos

Directora
Olga Omatos Sáenz

Comité científico
Maila García Amorós, Idoia Mamolar Sánchez,
Panagiota Papadopoulou, Raquel Pérez Mena

DATOS DE PUBLICACIÓN

Antología de relatos, novelas cortas y poemas del siglo XXI
Traducción: David Gómez Martínez y Roman Romanov Colodii

pp. 197
1. Literatura Griega Moderna   2. Prosa   3. Poesía

© Centro de Estudios Bizantinos, Neogriegos y Chipriotas - Centro Mixto de la Universidad de Granada   www.centrodeestudiosbnch.com

© De la traducción: David Gómez Martínez y Roman Romanov Colodii

Primera edición: 2025
ISBN: 978-84-18948-54-1
Depósito legal: GR 1362-2025

Maquetación: Jorge Lemus Pérez

Este libro ha sido financiado por el Ministerio de Cultura de Grecia y la Fundación Griega de Libro y Cultura en el marco del programa **GreekLit**.

Reservados todos los derechos. Queda prohibida la reproducción total o parcial de la presente obra sin la perceptiva autorización.

ANTOLOGÍA
de relatos, novelas cortas y poemas
del siglo XXI

Traducción de
David Gómez Martínez y Roman Romanov Colodii

Granada 2025
Centro de Estudios Bizantinos Neogriegos y Chipriotas

ÍNDICE

Nota introductoria, Ilías Kafáoglu, Sissi Papathanasíu, Vanguelis Jatzivasilíu . 9

Relato y novela corta 13
    Dimitris Kanelópulos, *La muerte de la víbora* 17
    Dimitra Koliaku, *Libélula* 23
    Ajiléas III, *Otro...* 31
    Mijalis Makrópulos, *Agua negra* 37
    Mijalis Malandrakis, *Patriot* 47
    Thanasis Jatzópulos, *Tanatorio* 53
    Jristos Jristidis, *Desnudo* 55
    Nasia Dionisíu, *¿Qué es un campo?* 63
    Vanguelis Jatzigiannidis, *Tu nombre* 71
    Giannis Pasjos, *La crónica de un disléxico* 77
    Akis Papandonis, *El último oso del bosque* 85

Poesía 93
    Jaris Vlavianós, *Autorretrato del blanco* 95
       Amor rojo y jugoso 95
       Idilio cicládico 96
       Otro poema de la naturaleza 97
       Pregunta equivocada 98
       Goethe a Werther 100
    Giannis Antioju, *Este, el cielo inferior* 101
       La muerte de Narciso 101
       Guerra 103
       Serpiente blanca 104
       Nachts 105
       Calcante está enamorado 106

Ilektra Lazar, *Santos inocentes* 109

    Regreso a la casa paterna 109

    El legatario 110

    Santos inocentes 112

    En los suburbios 113

    Promesa 114

Dionisis Kapsalis, *Apuntes sobre la música del mundo* 115

    Por un momento 115

    Salva veritate 117

    Epitafio 120

    Omnes generationes 122

    Luciérnagas 124

Spiros Gulas, *Las viejas ropas las ponen de buenas* 127

    Pressure Love 127

    Y en la mano un vaso de leche 129

    Detonaalgo 130

    No es impermeable pero cumple su función 131

Thanasis Jatzópulos, *Banderas en construcción* 133

    Fosa común 133

    Monumento 135

    Horno grande 136

    Supervivientes 137

    Después de la cena en Nebojša 138

Stavros Zafiríu, *Cielo verde, hierba azul* 139

    Sorbo de luna 139

    Noche 142

    El Ángel de la Historia 148

    Montaje 150

    La muerte y la hija 152

Anna Griva, *La diosa perdida* 155
   Jesús a los doce años 155
   Judas 157
   Las santas mujeres 159
   Eva y la serpiente 160
   Jesús y la diosa perdida 161
Stavrula Papadaki, *Y la gente qué dirá* 163
   Qué te duele 163
   Mercado 164
   Videollamada 165
   Vampiro 166
   Queja 167
Biografías y obras 169

NOTA INTRODUCTORIA

Este libro es una antología de obras galardonadas con el Premio Literario Estatal en las modalidades de Relato y Novela Corta, Poesía, Autor Debutante y Premio Temático Especial desde 2019 hasta 2024. En él, se recogen un total de 11 textos de prosistas y 9 de poetas griegos, seleccionados de cuatro colecciones de relatos, siete novelas cortas y nueve colecciones.

Uno de los prosistas (2020) y dos de las poetas (2020 y 2024) incluidos en la antología fueron galardonados con el Premio en la modalidad de Autores Debutantes; mientras que hasta en tres ocasiones, el Premio Literario Estatal en la modalidad de Relato y Novela Corta se concedió *ex aequo* (2019, 2020 y 2021), al igual que sucedió en una ocasión en la modalidad de Autores Debutantes (2020).

Este volumen es la continuación de los dos anteriores titulados *Premios Literarios Estatales, Antología. I. Relato y Novela Corta. II. Poesía* (2020), del Ministerio de Cultura y Deportes, Secretaría General de Cultura Contemporánea, Dirección General de Cultura Contemporánea y Dirección de Letras.

Dichos volúmenes constituyen una selección de libros galardonados con el Premio Literario Estatal en las modalidades de Relato y Novela Corta, Poesía y Autor Debutante desde 2010 hasta 2018, bajo la responsabilidad de los mismos editores que firman esta antología.

Asimismo, cabe destacar que la anterior antología fue editada y traducida por el Centro de Estudios Bizantinos, Neogriegos y Chipriotas de Granada.

Las antologías no pretenden ofrecer juicios ni valoraciones sobre el trabajo de los autores, cuya obra, además, aún está en pleno desarrollo. Han sido elaboradas siguiendo las selecciones realizadas por los respectivos

Comités de los Premios Literarios Estatales, sin estar necesariamente vinculadas a la motivación que acompaña a cada premio. La presente antología constituye, sin duda, un testimonio y un corpus resumido de la producción literaria premiada institucionalmente durante el quinquenio 2018–2023, teniendo en cuenta que los Premios Literarios Estatales se otorgan a libros publicados el año anterior a su concesión.

Como en los dos volúmenes anteriores, el propósito de los editores ha sido seleccionar, en la medida de lo posible, las muestras más representativas de los textos galardonados (un relato completo, fragmentos de novelas cortas y poemas íntegros) conscientes de que el material varía en gran medida tanto temática como estilísticamente, y, con frecuencia, la materia y los materiales, se diversifica de una novela a otra y de un poema a otro. De ahí también la «perplejidad creativa» con la que los editores han abordado su tarea.

Siguiendo el mismo orden que en los volúmenes anteriores, en primer lugar se presentan los textos extraídos de las colecciones de relatos o novelas cortas premiadas con el Premio Literario Estatal. A continuación, se incluyen las selecciones procedentes de los poemarios premiados.

Van primeras las antologías de las colecciones de relatos y novelas y/o galardonadas con el Premio Literario Estatal al igual que los volúmenes anteriores. Le siguen las antologías de las colecciones de poesía galardonadas.

Los datos biográficos y la producción de los autores se presentan sin establecer distinción entre poetas y prosistas. Se ordenan alfabéticamente y recogen información actualizada hasta marzo de 2025.

En la producción literaria se incluyen exclusivamente las obras publicadas de forma independiente por cada autor, diferenciando entre producción poética, narrativa y ensayística, con el fin de reflejar con mayor claridad la amplitud de la obra de los galardonados.

Dada la naturaleza práctica de esta edición, no se consignan las participaciones en volúmenes colectivos, traducciones, trabajos críticos ni la posible intervención de los escritores como autor de una antología.

Ilías Kafáoglu – Sissi Papathanasíu – Vanguelis Jatzivasilíu

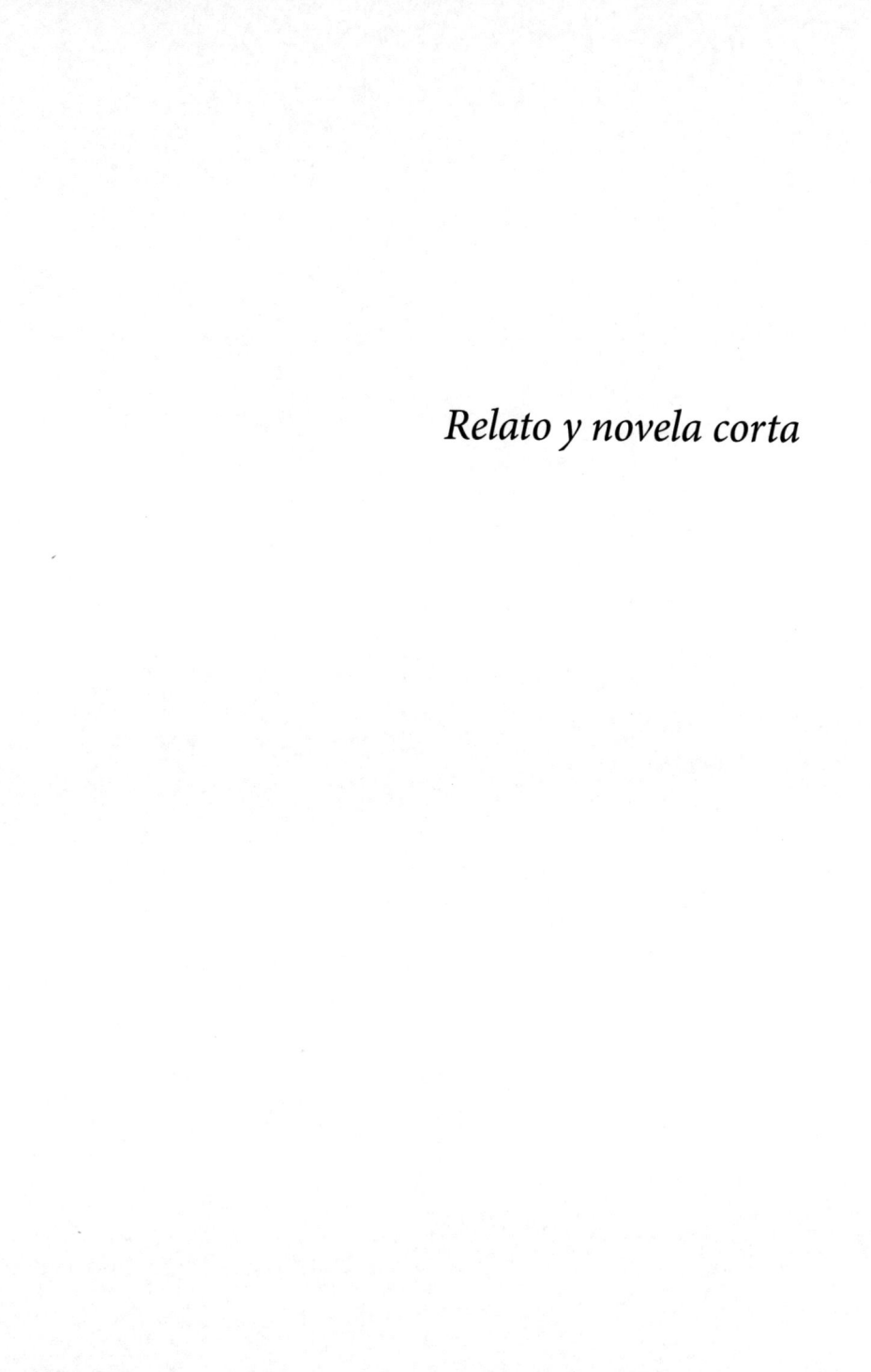

Relato y novela corta

Dimitris Kanelópulos[*]

La muerte de la víbora

Se levantó de madrugada. Tenía una gran familia y debía alimentarla. Desde chica tuvo una vida difícil. Primero perdió a su padre, muy joven, por una apendicitis. Lo recordaba vagamente. Le dolía el vientre y le colocaban encima una teja calentada en las brasas. El apéndice reventó y en tres días el hombre se apagó junto al fuego. A sus treinta y tres años. Después, su madre, desesperada por tener marido, al cumplirse apenas los cuarenta días, se casó con un chulo que en un año la mató a palos. Y quedaron ella y sus dos hermanas. Ella era la menor. Tenía nueve años cuando también perdió a su madre; su hermana mayor, catorce, y la del medio, doce.

Su padre había tenido una gran fortuna, pero no quedó más que la mitad. Las mejores tierras se las quedó el padrastro. Y ellas, tres niñas indefensas, no pudieron oponer resistencia. Los parientes no ayudaron, estaban en otro pueblo, las dejaron a merced de su destino. Quien tomó las riendas fue la hermana mayor. Se hizo cargo y casó a las dos pequeñas. La mediana se casó con el Liás Jionadis, un bonachón; y ella, Dimitro, con Kalatzakos, doce años mayor. Ambos habían sido pastores del padre, cuando él volvió de América y se instaló en Mesolongi con trescientas vacas y mil ovejas. Dicen que sus cencerros se oían desde Nijori hasta Nemuta. Su marido era un buen hombre. Solo un poco inquieto y nervioso. Los primeros años no la tocó; apenas era una chiquilla. A partir de los dieciocho, tuvo con él diez hijos. Sobrevivieron ocho.

---

[*] Premios Literarios Estatales. Premio en la modalidad de Relato y Novela Corta 2019, *La muerte de la víbora y otras historias*, Ediciones *Kijli*, Atenas 2018 («¡Oh!, muerte de la víbora», pp. 11-17)

Ensilló a Karras el caballo, se subió y partió hacia Agrilíes, en Doana.

Dejó atrás a la hermana mayor para que cuidara a los tres más pequeños. La pobre no tenía a nadie más. Su marido estaba en Langadia, comerciando con ganado.

El sol aún no había salido desde Siomatakia. El frescor de la mañana le calaba los huesos. Pasó por el arroyo de Sielepis y, en Petriés, bajó por la cuesta hacia Guva. Después de Karterikas, sobre el huerto del cuñado Farmakis, cogió el atajo y pasó la gran rambla de Lefkos, y subió hacia Rantalíanis, donde tenía el viñedo. Después siguió todo recto, sobre Sifuraíika, y salió a la izquierda de Agrilíes.

El terreno lo había comprado su marido a un tal Drivas. Estos desaparecieron. Ya no queda nadie de ellos. Ató al caballo ensillado y se puso a trabajar. Todo a su alrededor estaba cubierto de rocío. Trabajó rápido para que el calor no la alcanzara. Cortó acelgas, pencas de calabacín, unos pocos tomates, un par de pepinos y un calabacín. Lo que pudo y lo que había madurado, porque era ya final del verano. Llenó la cesta. Luego cortó flores de maíz para las cabras, quitó los hierbajos y regó el huerto y, hacia las diez, cerró el agua de la cisterna. Se sentó un momento bajo la parra para que se le quitara el sudor, delante de la choza. Se limpió el sudor del labio superior, bebió un trago de agua y se llevó un trozo de pan a la boca. Entonces pensó en sus niños. Tenía cuatro: dos niñas y dos niños. *¿Qué les llevo para comer?*, se preguntó mientras mascaba. Se le ocurrió darles un poco de pasas, que ya empezaban a madurar.

Se levantó, recogió sus cosas, cargó la cesta en el caballo y subió hacia el viñedo. Estaba a un paso, muy cerca. Ató la rienda a la cerca y entró contenta. Bajó por una pequeña pendiente hacia la parte baja del viñedo, allí donde estaban las cepas más golosas, y con la mano arreglaba las varas para revisar los racimos. Ya estaban maduros. Se agachó para cortar el primer racimo, y entonces le picó una víbora. Como una aguja, el veneno entró debajo de la uña del dedo índice. Su grito rompió el silencio de la mañana. La víbora se sacudió, irguió su cuerpo mirando directamente a su rostro, y con un movimiento brusco cayó seca frente a sus pies. *¡Madre mía!*, dijo.

Saltó como un rayo hasta la cerca donde había atado al caballo, agarró un cuchillo que llevaba en el zurrón y se lo clavó profundamente bajo la uña.

Tomó la cuerda del caballo y se ató el dedo fuertemente en la base. Montó al caballo, lo espoleó, y éste emprendió la subida a toda mecha. Iba succionando la sangre que manaba de la herida y la escupía. Karras, como si sintiera el peligro, corría como el viento.

Cuando llegó a Karterikas, detuvo el caballo, bajó y lavó la herida en el abrevadero de la fuente. Volvió a vendar el dedo con fuerza, montó de nuevo a toda prisa y se dirigió al pueblo. Un entumecimiento partía de la mano y se extendía por todo su cuerpo; el dolor, insoportable.

Al entrar en el pueblo, frente a la casa del viejo Antonakis, gritó a Eleni:

— ¡Eleni, me muero, me ha picado una víbora en el dedo! ¡Ayúdame, no me queda más aliento...!

Se dejó caer sobre la montura y se desmayó. El caballo la llevó hasta el patio, bajo el balcón, y comenzó a relinchar. Se reunió gente. El viejo Leonidis de al lado, la vieja Gkana, su hermana Anió, Afroditi, Nicolás y Nikolaina. Sus hijos habían salido al balcón y gimoteaban.

La bajaron del caballo y la subieron desmayada a la casa. La acostaron en un diván en la sala y dejaron espacio para la vieja Gkana, que extendió sus remedios en el suelo y luchaba por reanimarla. Todo el pueblo se agolpó. Las mujeres lloraban:

— Se va la pobre... y tiene cuatro hijos... Se va, ya no respira...

Pese a los esfuerzos de la vieja Gkana, no volvía en sí. Justo entonces llegaron los hombres del café de Kólias. Vasilis Bakatselos, amigo del marido, empujó a la gente y entró en la habitación. El alboroto se detuvo.

— Traed alcohol —, dijo.

La hija mayor trajo una botella de vidrio con alcohol de lámpara. Bakatselos la cogió, quitó el tallo que hacía de cierre y se inclinó sobre ella. Estaba pálida, como muerta. Le abrió la boca y empezó a verter dentro el alcohol.

Alrededor, silencio. Entonces Dimitro se incorporó de golpe en el diván, lanzó un gemido y vomitó el alcohol. Abrió los ojos y susurró con voz apagada:

— ¿Dónde estoy?

Su hermana Anió, a su lado, se santiguó:

— Ay, hermanita, has vuelto de entre los muertos.

Constantemente le ponía una toalla mojada en la cabeza.

Bakatselos sacó a la gente al balcón y al patio.

— ¡Fuera! —, les dijo. — ¡Fuera! Dejadla tranquila. Veamos si se cura.

La mayoría salieron, quedando dentro dos o tres mujeres y sus hijos.

Alguien recordó:

Si te muerde una culebrilla,
cinco días de camilla.
Si la víbora te pica
traed vinagre y la pala,
y cuarenta mozos de gala.

Pasaban los días y Dimitro luchaba con la Muerte. La consumía la fiebre; hubo momentos en que parecía llegar al final, pero algo — ¿Dios, quizá? — la traía de vuelta. También llegó su marido. Mandó traer al médico de Jora, el médico Bramos. Éste la examinó pensativo y le puso una inyección.

— Vivirá —dijo, y tras cobrar unos céntimos y un lechoncito, montó su caballo y se marchó.

Durante cuarenta días peleó con la Muerte. Luego comenzó a recuperar fuerzas y volvió a sostenerse sobre sus pies. No había llegado su hora. Aún le quedaban seis partos por delante. Tuvo treinta y seis nietos y catorce bisnietos. Años después, en el pueblo decían: «¡Qué mujer tan fuerte! ¡La mordió una víbora y la que murió fue ella!». La uña del dedo índice, justo donde la había mordido la serpiente, al principio se volvió como una piedrecita blanca con dos manchas negras, como los ojos de la víbora. Luego empezó a amarillear y, cuando Dimitro envejeció, se tornó gris. Más tarde se volvió negra, y solo las dos manchitas permanecieron blancas. La miraba dentro del ataúd, mientras los curas, cuatro en total, entonaban los responsos de despedida.

Inmóvil, con el rostro serio, sereno, y las manos cruzadas sobre el pecho. Satisfecha de haber hecho lo que debía sobre la tierra, partía tranquila hacia el viaje lejano. Delante de mí desfilaban escenas de mi infancia, aquellos tiempos en que me mareaba y, de pronto, allí estaba ella: unas veces en Kapeli, otras en Agrilíes, en Rantalíanis, en Ojtos, en Siomatakia, o en Delalís. O aquellas otras veces en que me contaba historias junto al fuego, como aquella de la víbora. Mi mirada se detuvo en sus manos cruzadas. Entonces vi el dedo índice de su mano derecha, ligeramente levantado, señalando hacia arriba, hacia la cúpula. Luego la cubrieron con el sudario y la alzaron sobre los hombros, rumbo a San Jorge.

Dimitra Koliaku*

Libélula

> *La libélula*
> *en vano intentó posarse*
> *en una brizna de hierba.*
> *Matsuo Bashō*
> (a partir de la traducción inglesa de R. H. Blyth)

Los veía cada vez que bajaba por el sendero. Rojo y azul verdoso. Era un color en movimiento: el movimiento le daba algo al color, como la luz da algo a la expresión de los ojos humanos. Sus ojos nunca logré verlos; solo los vi después, en fotografías. Eran ojos como montañas, del mismo tono que su cuerpo, pero irisados. Allí, de cerca, vi también sus alas: transparentes, con densas nervaduras que recuerdan las grietas de una vieja porcelana. Una cosa es «ver» y otra cosa es otra cosa, pero en las fotografías puedes observar detalles que la simple vista, sin la mediación de un foco ajeno, probablemente pasa por alto. Recuerdo tu mirada en una fotografía de la infancia. Solo tu mirada. Yo también aparecía en la foto, pero estaba mirando hacia abajo.

De pequeña, tenía unas pinzas para el pelo de libélulas, en un tono pastel. No eran ni rojas ni azul verdoso, y seguramente ni roja ni azul verdoso. Ese fue mi primer contacto con las libélulas, mientras que tu primer contacto con las culebras fue en el museo de reptiles de algún zoológico. Yo me quedé con otra cosa de aquella visita; debió de ser la misma, porque ¿a cuántos museos con culebras vivas podían habernos llevado cuando éramos niños? («A muchos», oigo tu voz sarcástica en mi cabeza). Recuerdo

* Premios Literarios Estatales. Premio en la modalidad de Relato y Novela Corta 2019, *El alfabeto de los insectos,* Ediciones Pataki, Atenas 2018 («[Libélula]», pp. 47-57)

la cucaracha que vi pasar por dentro de la vitrina de cristal donde estaba encerrada la culebra. «Su alimento», insististe tú, mientras que yo la tomé como prueba de la suciedad del museo y de la miseria de sus exhibiciones.

Roja y azul verdoso. Normalmente había al menos dos, y siempre las veíamos cerca del agua, o mejor dicho, en alguna hendidura de la roca que retenía agua. No sé cómo, porque era verano. Y gracias a ellas, podíamos intercambiar unas palabras cuando volvíamos a encontrarnos abajo, en la playa. «¿Las viste hoy?» «Solo vi una.» «¿La roja o la azulada?» O incluso sin rodeos: «¡A que son pareja!».

Aquel verano nos fuimos todos juntos de vacaciones, algo que antes habíamos evitado a toda costa: dos personas que tienen sentimientos mutuos no necesariamente hacen elecciones que se entiendan mutuamente. Y eso tiene que ver tanto con las personas, como con otras cosas: a quién elegiste tú para casarte y a quién elegí yo (con la diferencia de que yo me di cuenta pronto), o qué decidiste hacer tú con tus estudios y qué decidí yo, aunque en lo profesional siempre es más fácil culpar a la suerte o a la falta de contactos. Claro que se me había pasado por la cabeza, y seguro que tú también lo habías pensado, que esas vacaciones se organizaron para ponerle fin (y lejos de nuestra zona de confort) de una vez por todas.

En internet solo se anunciaba la planta baja, pero la propietaria accedió a cedernos también el piso de arriba, que normalmente lo reservaba para veranear ella misma. Con su pequeño dormitorio y una cocina donde cabía también un sofá, sería perfecto para Roxani y para mí. La planta baja, con su patio trasero, iría con toda justicia para vosotros, que erais más numerosos. Tanto los de arriba como los de abajo teníamos vistas tanto al mar como a la montaña, que estaba ceñida por la franja gris de la carretera. La propietaria era de Atenas, pero conocía bien la isla porque venía desde joven. Yo calculaba que nos sacaría al menos unos diez años, pero que conservaba algo de juvenil, con unos rizos grises e indomables que, a mis ojos, le daban un aire de superioridad e independencia. Unas fotos de viajes exóticos colgadas en las paredes reforzaban la impresión de una persona que había encontrado su camino, y que ese camino la había llevado un poco más lejos. Había elegido un lugar ideal para construir, en la montaña pelada en el desierto de Dios, sobre una cala aislada. Más allá de un par de villas de mal gusto (una de ellas con una piscina visible desde las ventanas de arriba), cuyos dueños rudos afortunadamente estaban ausentes, no había otro obstáculo a la vista. Desde el sendero que comenzaba debajo de la casa, no hacía falta más de media hora andando para llegar a un mar accesible solo para unos pocos valientes caminantes e inaccesible para vehículos.

Bajábamos uno a uno, separados o en pequeños grupos, manteniendo cierta autonomía. Primero Eleni, para coger la única sombra, con los dos niños pequeños, que normalmente estaban en pie desde el amanecer. Con el sol del mediodía, tú; te quedabas atrás por la mañana con la excusa de animar a Fivi, vuestra hija adolescente, que se levantaba tarde, a bajar para bañarse. Y más tarde yo, supuestamente para darme tiempo a ir en coche a la capital de la isla de compras o porque quería hacer algunos preparativos para la cena para los seis. En realidad, quería evitar estar sola en la orilla con Eleni. ¿Para dejaros a vosotros dos un poco de tiempo juntos quizá? No, ella no sospechaba nada, nunca podría sospechar de mí. Y sí, aún me molestaba la mentira, especialmente porque yo estaba o, mejor dicho, estábamos por encima de toda sospecha.

Aprovechando un período de dos años en la cultura francesa, desde el principio habías acudido a Aragon y al *mentir-vrai*. El *mentir-vrai*, para nosotros, significaba que decíamos mentiras a los demás para proteger una verdad muy valiosa. Para evitar la mentira, nos veríamos obligados a renunciar a esa verdad, diciendo entonces mentiras a nosotros mismos. De una manera u otra, la mentira tenía un lugar inamovible en las cosas, con la única cuestión de qué mentira era preferible. Parecías dominar tan bien el asunto que, por la desconfianza que ha inculcado en mí nuestra educación medio burguesa, no podía evitar pensar que, a pesar de la fachada de tu matrimonio, habrías cometido alguna infidelidad. Me arrepentía de no haber logrado nunca ganarme la confianza de Eleni para escuchar también su propia versión.

Por las noches nos sentábamos los dos del lado que tenía vista a la montaña. Los mosquitos y los bichos que se acumulaban en nuestra mosquitera nos daban una excusa para apagar la luz. No es que no hiciéramos nada. Como mucho, que me cogieras un poco la mano. Bastaba con que me cogieras la mano. De pequeño, aprendías a tocar el chelo, y por eso sabías manejar un instrumento con cuerdas duras. Lo habías dicho riendo, recuerdo bien en qué momento.

Sexualmente fue lo mejor que me había pasado, y no porque nos estuviera prohibido. No sé qué lo hacía necesario, porque la admiración y el amor, el amor fraternal, no nos bastaban. En todo caso, nunca nos había bastado, lo sabíamos desde niños. Desde entonces, por las noches me colaba en tu cama y me tumbaba sobre ti, fingiendo que eras mi cuerpo y que habías escapado. Una vez escuché a nuestra madre confiarle a papá la única explicación que su mente había podido inventar, o a algún experto a quien había recurrido: esa adoración enfermiza por tu hermana pequeña quizá escondía una homosexualidad oculta. Lo que nos habíamos reído. Debió ser poco antes del verano en el que estuvo a punto de suceder lo que finalmente sucedió treinta años después.

Dicen que este tipo de secretos te dan fuerza; el acceso a una segunda vida que nadie sospecha. Pero no era solo eso, ni tampoco porque cuando empezó, llevaba meses sin tener la regla. Claro, no existía riesgo de que de esa unión nacieran hijos genéticamente afectados. ¿Entonces por qué era un pecado? Si los dos, biológicamente, ya habíamos cumplido con nuestro deber, y además tú con creces con tus dos hijos. Ni tampoco quería arrebatarte a tu esposa ni mucho menos a tus hijos. Aunque ella envidiara ese vínculo entre hermanos. ¿Pero qué secreto me podrían decir?, debía preguntarse, era preferible a verte siempre inclinado sobre el móvil, sin saber quién era el remitente o el destinatario de los mensajes que tanto te absorbían, segura, en todo caso, de que se trataba de una persona, siempre la misma.

Lo supe después: las libélulas hembras ponen sus huevos en el agua, por eso sus ninfas se llaman náyades. La mayor parte de su vida la pasan bajo el agua. La etapa de la náyade dura años, tres o cuatro en algunas especies. Sin embargo, después de la metamorfosis, la libélula vive como mucho un par de meses. Entiendes lo que quiero decir con esta metáfora.

«Eso» podía perpetuarse, una situación que había estado incubándose durante años, hasta que ambos llegamos a la metamorfosis de los cincuenta. Con encuentros esporádicos y distanciados, siempre que las circunstancias lo permitían. Por ahora, aprovechando los viajes de trabajo de tu esposa. En el futuro, querías imaginar, disfrutando de ausencias nuestras más largas, pero siempre justificadas. Que se perpetúe o que intentemos de nuevo darle un final. Difícil, y esta vez sería la última.

¿Cuál es la diferencia entre un final que no duraría, y una serie de encuentros esporádicos, seguidos por dolorosas separaciones? Con luna o sin ella, la conclusión de esas noches en el patio que daba al monte era que no había diferencia.

Una noche escuchamos un coche subir hasta la casa. La puerta de la reja en la calle siempre quedaba abierta, aunque no hubiera nadie alrededor. Un viejo Fiat aparcó junto a la pequeña viña podada que servía de cerca, y de él salió la propietaria. Nos había dicho que, mientras durara nuestra estancia en la casa, ella se quedaría con unos amigos en el pueblo vecino, pero nunca habíamos dado con ella ni en la playa ni en el pueblo. Quizás se asustó al vernos de repente detrás del telón que formaban las tumbonas cargadas con toallas. Sin embargo, en lugar de justificarse por la hora inapropiada, casi nos regañó:

— «¿Por qué os quedáis en la oscuridad?»

— «Pero hay luz de estrellas», protestamos.

— «Yo les digo a mis hijos que siempre enciendan la luz cuando están con amigos en el patio».

No quiso explicar por qué teníamos que encender la luz. Y aunque la habíamos visto primero, me pasó por la mente que algo había captado su mirada, que le permitió adivinar. Ahora, nos decía, de forma indirecta pero clara, que no quería eso en su casa. «¡Qué va, imposible!», me tranquilizaste tú. Reconocí que el escenario era exagerado.

Intercambiando los roles de explorador y vigilante, revisamos desde las ventanas, tanto las de arriba como las de abajo, qué puntos cerca del sendero eran invisibles a la vista. En la casa no podía hacerse eso, ni siquiera cuando todos estaban ausentes. Nunca había pasado en Atenas en nuestras casas, en la cama que compartías cada noche con Eleni, en la cama que a veces, rara vez ya, compartía con Roxani, cuando ella se despertaba de alguna pesadilla. En la isla, a pesar de la convivencia, las oportunidades eran mínimas y siempre teníamos que tomar mil precauciones. Pero también existen momentos en que uno se siente invulnerable.

Sucedió una mañana en que Eleni y los niños habían bajado todos juntos a la playa, una de las pocas veces en que la pereza adolescente de Fivi no había prevalecido. Me tranquilizaba el hecho de que los veíamos desde arriba: la toalla roja y naranja de Eleni, la turquesa de Fivi, junto con el delfín que diariamente subía y bajaba medio inflado por la ladera, y que los dos primos pequeños ya habían aprendido a compartir entre ellos. Nosotros los veíamos, ellos no podían vernos. Eso ya lo habíamos comprobado. Además, no nos dedicábamos a las orgías. Bajando juntos por el sendero, nos detuvimos a observar las mudas de cigarras en el tronco de un olivo. Melosas, casi caramelizadas, con los detalles anatómicos del insecto que había salido de ellas en relieve, listas para volar. Más allá de los adornos en el tronco, aquel olivo era ideal porque su follaje era muy frondoso. Alrededor había otros olivos igualmente frondosos.

Estábamos acostados bajo el olivo cuando sonó tu móvil. Por un momento no supimos si era mejor que contestaras o no. De todas formas, mientras lo buscabas entre la ropa tirada, perdiste la llamada. Pero no era de Eleni ni de Fivi. Al momento siguiente recibiste un mensaje: ¡Cuidado! ¡Culebra en el sendero! No lo habías incluido en tus contactos, pero me pareció reconocer el número de la propietaria.

Con el estómago apretado, bajamos por el sendero, pero claro, no vimos ninguna culebra por ningún lado. Quizás por primera vez, también faltaban las libélulas que coqueteaban cada día frente a la roca. Abajo, en la playa, Eleni nos llamó aparte. No quería que Fivi nos escuchara, porque después, ¿quién la calmaba? Ella también había recibido el mismo mensaje, y de hecho fue la primera. Nos confirmó que era de la propietaria. «Llegabais tarde, pero decidí esperaros. No quería subir sola con los niños por el sendero». Intentaste tranquilizarla: «Estamos en una isla, puede que alguna vez aparezca alguna culebra. La mayoría son inofensivas si no las molestamos. Claro que debemos tener cuidado, pero evitando histerias». ¿Una culebra? ¿Y nos mandan bajar a bañarnos?, imitaste bromeando la voz de Fivi. Los tres nos reímos.

Si Eleni no estaba implicada, ¿cuáles eran entonces las intenciones de la otra mujer? ¿Realmente quería protegernos o había algún motivo más complejo detrás de la advertencia? Dadas las circunstancias, el aviso sobre la culebra parecía casi una broma fugaz y frívola. Si ella pudo vernos, ¿quién no diría que alguien más pudiera hacerlo? Bastaba distinguir colores entre las ramas de los árboles: rojo tu camiseta, turquesa la mía. No teníamos ningún camuflaje para escondernos.

Con una serenidad que casi admiré, decidiste llamarla por teléfono. ¿Qué era esta historia de la culebra? ¿Había culebras en la isla? No lo habíamos oído. Ella la había visto con sus propios ojos en el lugar donde nuestro sendero se cruza con otro, que va a través de la montaña a la capital de la isla. Una culebra grande, quizá medía un metro. La encontró cerca de la roca de donde en invierno brota agua. Allí nosotros solo habíamos visto libélulas, dijiste. ¿No han oído lo que dicen sobre las libélulas?, te respondió con significado.

En ciertas tradiciones, las libélulas están vinculadas con las culebras. Las llaman «curanderas de culebras» y se cree que siguen a las culebras para curarlas si se lastiman. Por eso, si ves una libélula, la culebra no está lejos.

Mientras estuvimos en la isla, nunca vimos culebras. Tampoco supimos exactamente qué había descubierto sobre nosotros la dueña aquella mañana. Si éramos nosotros las únicas culebras, y ella la libélula que vino a salvarnos.

Pocos días después, los niños encontraron en el asfalto una piel de culebra. La recogieron con entusiasmo, creyendo que era un hallazgo raro que traía suerte. Los colores, beige sucio y gris apagado, estaban desvaídos, y los motivos a lo largo de la espalda casi no se distinguían en algunos puntos, bajo marcas más oscuras y densas de neumáticos de coche. A pesar de todo, conservaba pequeños parches con un brillo nacarado. Lo recuerdo abandonado en un rincón del patio, porque a pesar de su dimensión mágica, nadie quería traerlo dentro de la casa. El entusiasmo inicial pronto se apagó, cuando notamos que atraía moscas. Probablemente ni siquiera era una piel de culebra, sino los restos (que aún se descomponían) de una culebra que había atropellado un coche hacía tiempo.

Esta culebra destrozada, que al irnos dejamos atrás, no tiene nada que ver con lo que pasó entre nosotros. Fue nuestro último verano, ya hace mucho tiempo. Tanto, que lo recuerdo casi sin tristeza. Recuerdo sobre todo las libélulas, y que la última vez fue hermosa bajo los olivos.

[Palabras clave: *mentira/lo prohibido/protección*]

Ajiléas III[*]

Otro...

Después de una serie de incidentes fortuitos que lo habían dejado en ridículo ante sus compañeros de trabajo, su familia y sus pocos amigos, Aristos se encontraba en un estado psicológico delicado, estado en el que los equilibrios eran muy frágiles, y todo lo relacionado con su vida y su futuro parecía mantenerse en su lugar gracias a hilos: pocos y muy débiles.

Sin embargo, este hecho no le incapacitaba de cumplir con la mayoría de las exigencias que la gran parte de sus semejantes esperaba de él, ya que sus problemas psicológicos no le impedían saludar con una media sonrisa a los vecinos, pagar puntualmente el alquiler y los gastos comunes, ni trabajar diariamente para la empresa «VIONOT», sumando números y completando cantidades en libros y registros, tal como había hecho sin interrupción durante los últimos dieciocho años.

Un mediodía, después de haber devorado durante su pausa para el almuerzo un enorme taco de carne picada, con abundantes alubias y chile, Aristos sintió la urgente necesidad de ir al baño. Se levantó de su escritorio intentando parecer tan indiferente como si fuera a hacer una fotocopia. Se acercó lentamente al baño, golpeó la puerta dos veces, cuidando que el tiempo entre los dos golpes pareciera natural y no delatara su prisa, y a continuación, entró, cerró y echó llave.

Luego se sentó en el inodoro y fijó la mirada en un punto blanco de la pared frente a él mientras hacía lo que había venido a hacer. Cuando, aliviado, se aseguró de haber completado plena y exitosamente su obligación con su estómago castigado, tiró de la cadena. Sin embargo, en lugar del to-

---

[*] Premios Literarios Estatales. Premio en la modalidad de Relato y Novela Corta 2020, *El falsificador*, Ediciones Nefeli, Atenas 2019 («Otro...», pp. 97-103)

rrente de agua limpia que esperaba, escuchó el seco sonido de un mecanismo roto que luchaba por funcionar. Asustado, lo intentó de nuevo. Se repitió el mismo sonido, que esta vez le pareció que venía desde el fondo de su cabeza, como si una herramienta afilada arañara su cráneo por dentro. Fue en vano. Por más que Aristos apretó furiosamente el botón del viejo tanque, ni una gota de agua corrió para limpiar su desagradable producción.

Inmediatamente después de su vigésima séptima infructuosa tentativa, se oyó un doble golpe rápido en la puerta. El ocupante temporal del baño permaneció en silencio, esperando que no fuera más que su propio corazón saltando dentro del pecho, pero vio la manija subir y bajar. Alguien intentaba entrar sin éxito.

Entonces fue cuando el hombre atrapado, mareado y sudoroso, sintió que todo había terminado. La sangre le subió a la cabeza y vio su vida pasar ante sus ojos, no entera, sino como una sucesión de escenas en las que se había humillado ante otros. La primera escena ocurría en su cuarto infantil, la trigésima cuarta en algún patio de sus primeros años escolares y la última tenía lugar en su oficina (aproximadamente un cuarto de hora antes de aquel maldito momento en que había cerrado la puerta del baño tras de sí), cuando añadió piezas de repuesto a su grapadora y, probándola dos o tres veces sobre una hoja blanca para asegurarse de que funcionaba, había logrado grapar sobre el papel su corbata estampada favorita, provocando la risa contenida primero de quienes estaban en las mesas cercanas y vieron lo que pasó, y después de quienes escucharon lo que le había pasado por estos mismos. No. Aristos no soportaría volver a ridiculizarse en tan poco tiempo, exponerse ante el pobre diablo que intentaba entrar después de él y encontrarse frente a un baño usado de esta manera.

El golpe que recibiría su ya maltrecho prestigio sería irreparable. Incluso si sabía que no era culpa suya que la cisterna del inodoro estuviera rota o que la ventana del baño estuviera firmemente clavada por razones de seguridad y no se abría ni un centímetro, no para ventilar el lugar, sino para saltar por ella y desaparecer por la escalera de emergencia. ¡Golpe! ¡Golpe irreparable!

Más alterado que nunca, Aristos se agachó y sacó del bolsillo trasero de sus pantalones bajados el revólver que había estado llevando consigo en los últimos días, fuera a dónde fuera. «Ya esto se ha pasado de la raya», murmuró, levantando el cañón hasta su cabeza y apoyándolo en su sien derecha. El metal estaba helado y el contacto con él le provocó escalofríos. El doble golpe en la puerta se repitió, esta vez más fuerte, lo que animó a una gota fresca de sudor a comenzar a deslizarse desde la cima de su cabeza, resbalando grácilmente junto al letal extremo del arma.

El sonido del disparo que siguió, seco y acompañado por las delicadas melodías de cristales rompiéndose y esparciéndose por el suelo, se oyó hasta el noveno piso de la empresa, obligando al dueño de «VIONOT» a dejar de cuchichear con su secretaria por un momento y preguntar qué había ocurrido. Seis pisos más abajo, a través del cristal roto, un cúmulo de sonidos de menor intensidad que los del exterior (principalmente el rugido de motores, bocinas y voces de transeúntes) irrumpió violentamente en la pequeña, y bastante maloliente, habitación. Al mismo tiempo, el aire helado que también había entrado por el agujero recién abierto empujó una de las hojas del gran armario antiguo de madera junto al lavabo y la abrió de par en par, revelando un cubo de plástico amarillo en la repisa inferior. Sobre el cubo alguien había escrito con marcador negro: «Usar en caso de avería de la cisterna» y debajo, en mayúsculas, «GRACIAS». Aristos, desconcertado, miraba alternativamente su mano, el agujero en el cristal roto por su disparo fallido, y el cubo de plástico en el armario, que parecía sonreírle. Al mismo tiempo, con la mano libre temblando, buscaba nerviosamente en su cabeza alguna abertura o algo similar, sin encontrar nada.

Al darse cuenta que había fallado en poner fin a su vida, que seguía vivo, pero también que, finalmente, quizás tenía una oportunidad de evitar la humillación, se levantó de su trono de porcelana, se subió el pantalón y, tras dejar sobre el lavabo el revólver que sostenía, se agachó para sacar el cubo del estante inferior del armario. Desgraciadamente, despegar el cubo del armario resultó ser para el hombre exhausto una tarea más difícil que dispararse a quemarropa, ya que el cubo estaba atascado entre el último y el penúltimo estante y se negaba a salir.

Mientras Aristos luchaba por conseguirlo, fuera de la puerta del baño empezaban a reunirse varias personas de las oficinas cercanas del tercer piso y de otros pisos, que habían oído el disparo y trataban de averiguar qué había pasado. Cuando algunos de ellos comenzaron a golpear con fuerza la puerta y a preguntar quién estaba dentro y si estaba bien, Aristos se angustió y empezó a tirar del cubo con todas sus fuerzas para liberarlo y poder, antes de que los de afuera derribaran la puerta, llenarlo de agua y borrar las consecuencias de su picante comida mexicana.

Finalmente, acostado en las baldosas, con sus dos pies haciendo fuerza contra el armario, logró sacar el cubo amarillo, soltando un grito triunfal que recordaba a un gorila que acaba de ganar la batalla por la última hembra de su selva. Pero había usado tanta fuerza que el mueble alto, viejo, pesado, y no fijado a la pared, se sacudió entero y, tras algunas balanceos, salió de su sitio y cayó majestuoso hacia adelante, aplastando y matando en el acto a Aristos, quien, exhausto por el esfuerzo, había quedado tendido en el suelo abrazando el cubo de plástico. Las voces y los golpes en la puerta cesaron abruptamente. De repente, en el silencio absoluto, se escuchó el tanque del inodoro, que justo en ese momento decidió funcionar, para limpiar con su acción la reputación de Aristos, y no solo esa...

El agua comenzó a correr rápidamente y con fuerza por las tuberías de plástico del edificio, como si luchara discretamente por llevar el alma del aspirante a suicida lejos de su cuerpo y sacarla a través de caminos oscuros y no tan limpios, conduciéndola hacia un destino desconocido donde encontraría la paz que había fracasado en hallar mientras vivía.

Cuando los compañeros de Aristos derribaron la puerta y vieron el armario caído en el suelo con las cuatro extremidades del hombre que, por su incompetencia y torpeza, se habían burlado de él todos los días, se quedaron paralizados.

Por toda la habitación había dispersos pequeños fragmentos del cubo amarillo roto. Uno de esos fragmentos estaba apoyado de lado entre la taza del baño y la esquina superior derecha del armario. Sobre él, de hecho, se podía distinguir escrito en mayúsculas con letras negras un GRACIAS, un hecho que puede haber sido casual, pero que también dejaba abierta la posibilidad de que fuera un mensaje de una sola palabra del «más allá»; una forma en que Aristos quizás expresaba su gratitud hacia todos aquellos que no se habían apresurado a derribar la puerta del baño y no habían impedido un suceso que los periódicos al día siguiente podrían llamar «fatal», pero que para él fue sobre todo liberador.

Mijalis Makrópulos[*]

Agua negra

El 20 de julio iban a ir a San Elías, pero no a la ermita sobre el pueblo, donde el Padre había enterrado al muerto. Muy temprano metió a Cristóforos en la mochila, a la espalda, y partieron hacia el Profeta Elías de Kerasovo, en lo alto del monte Kasidiaris. Después de la posada, durante media hora siguieron una tubería oxidada y llena de agujeros, que emergía de la tierra como si fuera su columna vertebral resquebrajada, y luego empezaron a subir con esfuerzo por el bosque. La maleza de encinas era muy densa allí, sin sendero entre medio, y el Padre tenía que detenerse continuamente y romper ramas o esperar a que Cristóforos rompiera con su mano sana las más altas; en otros tramos tenía que agacharse, luchando para que el peso que llevaba a la espalda no lo hiciera caer hacia adelante, o trepar con el cuerpo pegado a las rocas y a la tierra, para que el peso del muchacho no lo arrastrara hacia atrás y se despeñaran los dos. El sudor le corría a raudales por la frente; la ropa se le pegaba empapada a la espalda cargada. Pero había aprendido a repartir su cansancio en pasos separados, y cada vez pensar solo en lo que tenía delante, nunca en lo que ya había hecho ni en lo que le quedaba por hacer. Sus caminatas, por muy duras que fueran, no eran más que pasos que daba uno tras otro, cada uno separado de los demás, sin principio ni fin. Así el Padre aguantaba allí donde otro se habría desplomado. Llegaron a la cima y un poco más allá estaba la ermita de San Elías. Se detuvieron a contemplar el paisaje a ambos lados: por un lado, el lago Zaravina, en medio de aquella tierra boscosa que estaba cruzada por caminos viejos y nuevos y manchada aquí y allá por

[*] Premios Literarios Estatales. Premio en la modalidad de Relato y Novela Corta 2020, *Agua negra*, Ediciones *Kijli*, Atenas 2019 («Agua negra», pp. 65-76)

instalaciones abandonadas; por el otro lado, la cordillera de Murgana a lo lejos, y más abajo Kerasovo, que visto desde lo alto parecía aún vivo con sus casitas, pero en realidad estaba muerto. El Padre lo sabía porque había ido allí a buscar comida y de hecho había llenado su mochila, yendo de una casa desierta y arruinada a otra.

Luego se dirigieron hacia la pequeña iglesia; el Padre bajó a Cristóforos porque no cabían para pasar por la puerta baja, y entró llevándolo en brazos. A la penumbra del interior, unos bultos estaban amontonados a un lado.

— «Contrabandistas», susurró el Padre.

— «¿Qué vamos a hacer?», preguntó el niño.

— «No lo sé», dijo el Padre. «No sé cuándo vendrán a recogerlos».

Entonces, como si fuera una respuesta, se oyeron a lo lejos pasos apresurados en la ladera.

— «Serán ellos. Hay que irse».

Sacó afuera al niño, se lo echó apresuradamente a la espalda y empezó a correr torpemente por la ladera pedregosa. Si hubiera estado solo, habría llevado su arma de Koltsei; pero había sopesado si debía llevarla ahora que llevaba a Cristóforos, y había decidido que así lo pondría en mayor peligro. Sin embargo, cuando se torció el pie sobre una piedra, oyó un crujido como de rama rota y sintió como si un clavo se le clavara en el tobillo derecho. Le dio tiempo a arrepentirse de su decisión antes de desplomarse junto con el niño.

— «Padre, ¿estás bien?», le preguntó Cristóforos.

— «Me he torcido el tobillo, Foris. Quizá pueda apoyarlo, mientras no se me hinche».

Se sentó e intentó levantarse, con la mochila y el niño a la espalda, pero volvió a caer pesadamente, con un leve gemido.

— «Es imposible», dijo. «Tú vete, escóndete entre las encinas. No sabrán que estás aquí».

— «No me voy, Padre. Me quedo contigo pase lo que pase».

— «¡He dicho que te vayas!»

— «Si quieren hacerte daño, soy tu única esperanza», dijo Cristóforos. «Y tú eres la única esperanza para mí».

Pero de todos modos ya era tarde; se les veía acercarse rápido, subiendo desde más abajo en la ladera.

Eran dos, y llevaban un arma.

— «Vrjaje ate, perndryshe ai do te njoftoje», dijo uno.[1]

— «¿Y el chico?»

— «Qe te dy».[2]

— «Shihe ate...»[3]

— «No me importa. Vriteni»[4]

Entonces apareció uno más, que venía detrás y llevaba de las riendas dos mulas sin carga.

— «Koltsei», dijo el Padre.

Este lo miró y les dijo a los dos:

— «Lereni te lire, eshte mik».[5]

— «¿Y a mí qué me importa, Koltsei?», dijo el primero que había hablado, el que había ordenado al otro que los matara.

— «Ya te dije que es amigo».

— «Po ku e di une se ai nuk do te njoftoje, qe te vijne te na ndjekin nga pas»[6], ladró.

— «Lo sabes porque te lo digo yo. Dikur me ka ndihmuar dhe une, ia kam borxh atij. Merreni ju mallin me mushka, shperndajeni mallin dhe une nuk dua pjese.[7] Solo necesito bajarlo al pueblo, dhe une do te vij t' ju

---

[1] «Vrjaje ate, perndryshe ai do te njoftoje»: «Mátalo, si no, dará el aviso».

[2] «Qe te dy»: «A ambos».

[3] «Shihe ate...»: «Míralo...».

[4] «Vriteni»: «Mátalo».

[5] «Lereni te lire, eshte mik»: «Déjenlo, es amigo».

[6] «Po ku e di une se ai nuk do te njoftoje, qe te vijne te na ndjekin nga pas»: «¿Y cómo sé yo que no va a avisar para que vengan a perseguirnos?».

[7] «Dikur me ka ndihmuar dhe une, ia kam borxh atij. Merreni ju mallin me mushka, shperndajeni mallin dhe une nuk dua pjese»: «Una vez me ayudó y le debo un favor. Llevad vosotros la mercancía con las mulas, y no quiero mi parte».

gjej. Eshte si vella.[8] Es como un hermano. Ne qofte se do ta prekni, keni te beni me mua»[9], le amenazó Koltsei.

— «Ik o shejtan»[10], dijo el otro. «Haz lo que quieras. Po ne qofte se do te na ndjekin atehere, do te vdesesh avash avash, qe te kesh kohe per tu penduar».[11] Los dos cogieron las mulas y se dirigieron hacia San Elías. Koltséi se arrodilló y levantó el pantalón del Padre para ver el tobillo, pero el niño miraba a los animales con la misma mirada seria e intensa que tuvo cuando vio aquella portada con los caballos galopando, el jinete apuntando hacia atrás, y el segundo jinete herido, inclinado sobre el cuello de su animal.

«No podrás caminar hasta el pueblo», dijo Koltséi. «Voy a llevar al niño a la espalda y te sostendré para que puedas bajar. Siéntate, voy a vendarte el tobillo para que no se mueva».

Cogió dos palos delgados y fuertes, rasgó una tira de tela de su camisa, que era vieja y desgastada, y fabricó una férula.

«Ahora podrás apoyar un poco el pie. ¿Nos vamos?»

Cargó con Cristóforos y echaron a andar. El Padre bajó la mitad de la ladera arrastrándose con el culo y levantando la pierna torcida. Se agarraba de las ramas y resbalaba en la bajada. Koltséi no estaba acostumbrado a llevar un peso tan grande y vivo, y bajaba torpemente. A menudo casi se caía, pero lograba sostenerse en el último momento. Finalmente llegaron al acueducto, descansaron un poco y continuaron, con el Padre cojeando ahora, apoyado en Koltséi y usando como bastón un palo cómodo que había encontrado. Ya anochecía cuando los tres llegaron al pueblo: el ilegal, el niño discapacitado y el cojo.

---

[8] «Dhe une do te vij t' ju gjej. Eshte si vella»: «Y luego iré a encontraros. Es como un hermano para mí».

[9] «Ne qofte se do ta prekni, keni te beni me mua»: «Si le disparas, tendrás que vértelas conmigo».

[10] «Ik o shejtan»: «Vete al demonio».

[11] «Po ne qofte se do te na ndjekin atehere, do te vdesesh avash avash, qe te kesh kohe per tu penduar»: «Pero si nos persiguen, morirás lentamente, para que tengas mucho tiempo para arrepentirte».

«Ven a casa», le dijo a Koltséi, «y mañana irás a buscarlos».

«Vendré para dejar a Foris, pero no puedo quedarme», respondió él. «Ya no tengo nada que hacer aquí. ¿Queda alguien?»

«Solo Atiná. Está medio ida. Está todo el día deambulando por el pueblo hablando sola».

No se quedó ni a comer. Después de soltar a Cristóforos y preguntarle al Padre si necesitaba algo más, se despidió y se fue.

El esguince tardó tres semanas en desinflamarse, pero tenían comida almacenada para más tiempo. El Padre clavó un pequeño palo horizontal en aquel que había encontrado, lo envolvió con un paño y ahora tenía una muleta con la que se apoyaba cómodamente en la axila. Así daba vueltas por el pueblo y un poco más allá, pero pasaba la mayor parte del tiempo en casa, acompañado por el niño.

Una noche le preguntó a Cristóforos qué quería.

— «¿Querer para qué, Padre?», preguntó él.

— «¿Qué más te gustaría hacer, Foris?», le dijo. «¿Cómo más querrías vivir?»

— Me gustaría vivir exactamente como vivo ahora. Solo...»

— «¿Solo qué?»

— «Me gustaría montar una vez a caballo. ¿Y tú, Padre?»

— «Me gustaría encontrar ese caballo para ti, Foris».

— «Sí, pero ¿qué querrías para ti?»

— «¿Qué querría yo?», se preguntó a sí mismo, como si oyera a otro decirlo: un hombre que alguna vez quiso algo, pero ya no recordaba qué.

En Navidad, cuando Atiná, la esposa de Kotsinis, llevaba cinco semanas muerta, el Padre y Cristóforos fueron solos a la Dormición de la Madre de Dios. Como una vez Leni, la esposa de Gertsos, el Padre fue de un candelero a otro y encendió todas las velas, para que los santos en las paredes y en los iconos se iluminaran, todavía sumergidos en sombras, pero con sus figuras emergiendo ahora difusamente desde la oscuridad. Ellos y las fotografías polvorientas en las casas desiertas eran las únicas otras caras humanas en el pueblo, aparte del Padre y el niño. Los santos ya no eran presencias lejanas, ahora que no había personas. Eran tan cercanos como los fantasmas de los aldeanos en los bancos vacíos de la iglesia.

Su aliento salía en densas nubes dentro del frío. El Padre fue al salterio, pero no sabía qué cantar ni tampoco importaba. Abrió la Sagrada Escritura al azar y leyó. Leyó hasta que se cansó y entonces simplemente cerró el libro, apagó las velas y volvieron a casa.

Había ido a Vissani a buscar comida. Ahora nunca salía sin el arma, después del encuentro con los contrabandistas en San Elías. Iba de un pueblo a otro, buscando en los armarios y en los sótanos. Si encontraba algún libro que le parecía que le gustaría a Cristóforos, se lo llevaba.

Regresó por la tarde, y su brazo izquierdo estaba cubierto de sangre. Sin embargo, lo que asustó al niño fue la dureza en el rostro del Padre y el dolor en sus ojos.

— «¿Qué te ha pasado, Padre?», le preguntó.

— «No es más que un rasguño», respondió él.

Fue a lavar y vendar la herida, colocar en la alacena la comida que había traído, y luego regresó donde estaba Cristóforos, trayendo un plato de comida con dos tenedores. Pero apenas pudo se llevó un par de bocados a la boca.

— «¿Qué ha pasado, Padre?», le volvió a preguntar el niño.

— «Alguien en Vissani me disparó. La bala me rozó de lado. Tal vez me confundió con un contrabandista. O con un ladrón. Pero robar implica privar a alguien de algo que tiene. ¿A los muertos, de qué se les puede privar? Me vio salir de una casa y me disparó. Tal vez él también sea el último aldeano... si es que era... Lo vi cuando apuntaba para disparar otra vez y tuve tiempo a disparar primero. Cayó, quizás porque se asustó o porque lo herí. Pero puede que lo haya matado, Foris. Que haya matado a un hombre como yo...»

El Padre después estaba distinto. No sabía qué había sido de aquel hombre en el otro pueblo. Lo más probable era que no lo hubiera matado, pero algo dentro de él había muerto, el niño lo sentía y no sabía qué hacer, cómo ayudarlo. Cuando no le pedía que le leyera algo, se quedaba callado.

Lo lavaba con aún más esmero y ternura que antes, pero en todos los cuidados del Padre, y en su amor, Cristóforos sentía desesperación. Se había abierto un vacío ahora, que ese amor, aunque se había profundizado, no podía llenar. En la forma en que le peinaba el cabello espeso, en cómo le cortaba las uñas diminutas en sus pies enclenques, en cómo lo vestía, había una pregunta: era como si el Padre le preguntara algo y no recibiera respuesta, tal vez porque no sabía cómo decirlo con palabras, o quizá porque no existían las palabras para decirlo. Algo de la soledad de las casas y los pueblos parecía existir ya permanentemente también dentro de él.

Cristóforos entendía que de él dependía llenar el vacío que de otra manera dominaría al Padre. Así, le pedía mucho más a menudo que le leyera, o cualquier otra cosa, no importaba qué, y cuando se acercaba su santo le dijo: «El año pasado no fuimos a San Cristóforos. ¿Iremos este año?».

— «Lo que quieras, Foris», le dijo.

— «Quiero que vayamos».

De repente, ir tenía mucha importancia. El niño lo sentía, sin poder explicar la razón. Era como si algo se hubiera postergado por un año, porque con la espera cobraría aún más valor, y ahora era un regalo que esperaba con doble alegría, ya que se había visto obligado a esperar otro año más.

El Padre lo cargó temprano en la mañana del 9 de mayo, tomaron el camino que pasaba bajo la ermita de San Elías y se desviaron hacia la Gorna de Moraiti, una cuenca vacía cuyas piedras estaban cubiertas de hierba y algunas medio expuestas, en medio del paisaje boscoso; desde allí subieron y bajaron las colinas de Kutsókrano, semejantes a olas de piedra, con la Nemértsika elevándose dentada enfrente; bajaron entre las encinas y volvieron a subir, encontrando en algunos lugares huellas de jabalíes en el barro y en otros el cráneo vacío, los huesos limpios y la piel raída de algún animal, cabra o corzo, y finalmente llegaron a San Cristóforos, por encima de Dolo. Entraron en la robusta ermita, hecha de piedras toscamente labradas, y levantaron un murciélago que había anidado dentro. El Padre acomodó al chico en una desvencijada silla de madera y abrió al azar la Santa Escritura, como siempre, pero luego la cerró y se quedó en silencio.

Permanecieron mucho tiempo sin hablar, hasta que Cristóforos dijo: «Padre, ¿me sacarás afuera? Quiero ver el pueblo desde lo alto».

Lo sacó afuera y se quedaron mirando hacia abajo. Se veían las casitas y más allá la garganta de Kuvarás, pero luego aparecieron tres manchas que se movían abajo en el camino, no pequeñas como puntos, como se verían tres personas desde tan alto, sino tres animales, y un poco más atrás apareció una mancha humana.

El chico, con una certeza que no permitía objeción ni duda, de repente supo qué eran esas figuras allí abajo.

— «¡Caballos!», dijo.

El Padre podría haberle advertido a Cristóforos que podrían ser contrabandistas. Podría haberle dicho que quizá sus ojos le estaban jugando una mala pasada, que en realidad no podía distinguir con certeza, desde esa altura, si realmente eran caballos. Pero no dijo nada de eso; simplemente lo cargó a la espalda y comenzaron a descender.

De todo el pueblo había quedado solo ella, les dijo. Debía de tener más o menos la edad del Padre, robusta pero con un rostro prematuramente envejecido, lleno de surcos en la frente, profundos como la garganta fuera del Dolo. Se llamaba Sofía Kostará. Tenía por compañía a los caballos, los que le quedaban del gran rebaño que había tenido antaño. Desde lejos los tomó por contrabandistas y estaba lista para disparar, pero luego vio que era un hombre con un niño a la espalda. Les preguntó de dónde venían y se lo dijeron. Vio cómo Cristóforos miraba a los caballos.

— «¿Te gustan?», le preguntó.

— «Sí», respondió el niño.

— «¿Quieres montar uno?»

No hacía falta una respuesta, le bastó su mirada.

— «Venid primero a comer».

Comieron en la cocina, que estaba ordenada y limpia, con la luz que caía moteada a través de viejas cortinas de encaje que proyectaban los arabescos de su sombra sobre la mesa. La comida era guisada, y el Padre no preguntó cómo estaba tan seguro de que en ese rico sabor no acechaba la muerte; simplemente comió hasta que no pudo probar otro bocado.

— «¿Vamos a los caballos?», les dijo, viendo que el chico no podía contenerse.

Juntos, ella y el Padre, lo subieron a una yegua negra como la noche y lo ataron a la montura. Cristóforos, de repente, se transformó de un hombre triste en un centauro, con el rostro extasiado y el cuerpo vibrando de la emoción. La mujer lo llevó un buen rato de aquí para allá, sujetando al caballo por las riendas, y cuando sintió que él estaba más seguro, lo dejó solo por un rato. Aunque todo su cuerpo le dolía por la incómoda postura en la montura, aceptó con pesar bajarse cuando ya estaba oscureciendo.

— «Mañana otra vez», le dijo.

Cenaron y los alojó en habitaciones separadas. Cuando estaba despierto, Cristóforos luchaba por mantenerse erguido en la montura y no inclinarse ni a la derecha ni a la izquierda, pero en su sueño, galopaba desenfrenadamente sobre el lomo de la yegua negra, sintiendo el viento en su rostro y la tierra desaparecer bajo las patas del caballo.

En medio de la noche, ella entró en la habitación del Padre y se acostó a su lado.

— «Estoy enferma», le dijo en voz baja. Y luego: «Por cuanto dure...»

Mijalis Malandrakis[*]

Patriot

A las nueve y media llegamos al local. Por el camino, prometimos mantener la calma y no montar ninguna escena cuando viéramos a Andrikos. Lo pillamos hablando por teléfono y riéndose. María me tira de la manga. Pide un *whisky* doble y nos sentamos en una mesa para el personal. La voz de Andrikos desde el fondo, mezclada con carcajadas, la saca de quicio y empieza a soltarle insultos en por lo bajo y me mira esperando que le diga algo, mientras da buenos tragos a su copa.

—Eh. Tranquila con el *whisky*, que en nada te toca trabajar —le dije con severidad. Si seguía así, seguro que le soltaba algo a Andrikos por lo de Dina, estoy convencido.

—Déjanos en paz tú también, Giannis...

Antes de las doce ya ha llegado toda la banda. Para ellos, es solo otro bolo más de jueves. Se preparan con esmero y beben lo que les apetece. Se supone que Nondas no deja tomar más de dos copas antes de tocar, pero él mismo se traga tres o cuatro, según la noche. Últimamente, Nondas ya no me trata como a un crío.

—Tú no eres un figurante más de la noche. Se nota que lo llevas dentro, se huele. Mantén los ojos abiertos y el alma limpia. Eso es lo que hace falta.

Y luego, ten también las manos donde deben estar, para tocar.

Da la señal y salimos al escenario. Echo una última mirada a la mochila. La he dejado bajo mi asiento, en los camerinos. En seis horas. Aplausos y algunos silbidos desde las primeras mesas. Esta semana hicimos unos cambios en el programa. Decisión de Nondas, claro. Empezaríamos con el

---

[*] Premios Literarios Estatales. Premio en la modalidad de Autor Debutante 2020, *Patriot*, Ediciones *Pólis*, Atenas 2019 («Patriot», pp. 74-81)

«Ti, ti»[1], también idea suya, y esta vez él entraría desde la izquierda del escenario y seguiría hacia la derecha, para saludar al público, mientras dos chicas bailaban en el centro de la pista.

El público responde bien y Nondas lo goza. Delante de nosotros, dos rubias espectaculares golpean con fuerza los pies en la pista, giran y mueven el pecho. El grupo de hombres en la primera mesa pide flores. Cierro los ojos porque me molesta el humo que sale de la pista y se va extendiendo, como una nube, por todo el local. ¡La mochila! Dijo que no quiere ni presión ni agua. ¿Y el humo? ¿Y si el humo llega hasta los camerinos? Me tiemblan las piernas. No puedo hacer nada. No, no... imposible. Me lo habría dicho. Aquel enano me habría advertido que bajara la bomba antes del espectáculo, para que no le llegara el humo. Por un momento me tranquilizo.

En cada pieza en la que no toco, rebusco en el bolsillo del pantalón para asegurarme de que sigo teniendo la llave. Y cuando no estoy rebuscando, miro el reloj. Menos dos, las dos, dos y algo. Repito el mismo gesto mil veces y temo que alguien se dé cuenta. Andrikos está ocupado con una rubia. Parece escort, cara conocida, la he visto antes en el local. Se le acerca pegándole el pecho, mientras hablan, y él mantiene la mano todo el tiempo bajo la mesa. El programa ya va por la mitad. En la próxima pieza el peso recae en mí. Le hemos metido un clarinete precioso durante toda la canción. Al principio no me encajaba, me sonaba forzado, pero al final encajó muy bien. Así que viene la «Pringuipéssa»[2].

Quiero una cosa y hago otra, ¿cómo decírtelo? Me decía que con los años cambiaría, que me corregiría. ¡Al diablo, hombre! Doy un paso adelante y soplo con rabia. Muevo las manos frenéticamente, pero con la precisión de un cirujano. Los focos caen sobre mí y los absorbo todos. Abajo enloquecen, los vasos se levantan al aire. Aplauden y gritan. Nondas me hace una seña y me dejan solo. Cierro los ojos y lo disfruto. Mi clarinete baila por todo el local.

---

[1] «Ti, Ti», música: Khaled Hadj Brahim, letra: Evi Drutsa (1992).
[2] «Pringuipéssa», música y letra: Sokratis Málamas (2000).

Tres horas más.

Intento mirar donde debo; que todos mis movimientos parezcan naturales, nada raro. Evito mirar a Andrikos al fondo, aunque ahora la rubia se ha sentado en regazo y le tapa la vista hacia la pista. Mantengo los ojos cerrados para concentrarme. Cuando los abro, reparto la mirada entre las primeras mesas, los grupos, los puros, los claveles tirados, al vacío. El local empieza a vaciarse. Sudo. Me seco las manos en la camisa, pero enseguida vuelven a empaparse. No puedo más. Fallo dos notas. Y más. Toco fuera de tono. Nondas se gira y me lanza una mirada fulminante. Intento volver a concentrarme. Termina la pieza y suelto el aire poco a poco. En los dos siguientes, me quedo fuera. En la pista se han subido cuatro o cinco clientes, todos hombres. Bailan y le hacen señas a sus pandillas, que se ríen y los graban con el móvil. Un tipo, de unos cuarenta, con la camisa abierta, empapado en sudor, baila y grita cada verso. Patea las flores aquí y allá, y se mete en medio. Baila el zeibekiko «To tholoméno mu mialó»[3] y con la cabeza bien alta canta a gritos: «¡Las pesadillas de mi mente nubladaaa las cantoooo!» De la primera mesa se levantan sus amigos y forman un círculo a su alrededor, marcando el ritmo con palmas. Quedan cinco. Queda una hora. Este gilipollas nos va a hacer retrasarnos. ¿Y si le da por seguir bailando toda la noche? Por suerte, la mayoría de las veces paramos, aunque algunos se ofenden y empiecen a quejarse, todos esos quemados por el amor. Y si insisten, viene el gorila y los echa.

Cuando se encienden todas las luces del local, nosotros saludamos, Nondas lanza besos, las camareras recogen las propinas y la gente empieza a desinflarse y a tener sueño. Veo a la rubia susurrarle algo al oído a Andrikos. Él sonríe y le hace un gesto, algo como «ya voy». El tipo que bailaba el zeibekiko sigue en la pista con un amigo. Están hechos polvo, apenas pueden mantenerse en pie. Se abrazan, se juran amistad eterna hasta la tumba, pero a Andrikos no le conmueve. Deja a la rubia un momento en la mesa. Ella ha cruzado las piernas y empuja el vestido para que se le suba

---

[3] «To tholoméno mu mialó», música y letra: Akis Panu (1973).

más y les señala la salida. Paso junto a un joven camarero que se ha cortado recogiendo una botella rota. Los demás ya están vaciando la pista. Algunos van primero al baño. Yo soy el primero en llegar a los camerinos. La mochila negra me espera bajo la silla. Reviso la llave.

Salgo con la mochila a la espalda. Busco a María. No la encuentro. Necesito los discos, los discos. Doy una vuelta por el local, no veo ni a Andrikos ni a la rubia. Son las seis menos cuarto.

—¿Qué ha pasado? —pregunta Nondas, que bebía de pie un último *whisky*.

—Eh, nada... busco a María, la de las flores. María.

—Ah, ¡qué criatura más linda esta María!. Bien haces. A las mujeres así hay que perseguirlas mientras vivimos.

Busco a María o al menos un disco para bajar abajo, tengo que llevar algo en las manos; no puedo bajar así, con las manos vacías. Me verán, lo notarán, me van a joder.

—¡Eh! ¿Os echo una mano? —pregunto al aire.

No hay nadie cerca. ¿Dónde están los discos? ¡Los discos!

—¡María!

—¿Qué pasa? ¿Qué pasa? ¿Qué pasa?

Siento su mano en mi hombro.

—¿Dónde estás, te estaba buscando? Los discos...

—Los bajé abajo, acabo de subir, ¿por qué, qué ha pasado?

—Eh... te ayudo, bajaré los discos.

Me hace un gesto para que me acerque.

—Me echó de allí el cabrón. Estaba con una tipa y me sacó del almacén.

—¿Quién? ¿De dónde? ¿Quién?

—El cabrón de Andrikos. Me sacó del almacén y se encerró con una zorra rubia. Hizo lo que hizo y ahora también quiere follar en el local. Te juro por Dios, Giannis, voy a hacerle daño, te lo digo.

—Tengo que bajar algo... las sillas. Tengo que bajarlas ya.

—Te digo que ha cerrado con llave, Giannis. Me dijo que dejara los discos y que me fuera. ¡Qué cara dura el cabrón!

Son las seis menos diez. Miro a mi alrededor, buscando algo con la vista.

—En diez minutos nos vamos —me dice, y se va a cambiar.

Siento los golpes dentro de la mochila. Intento llegar a la escalera sin correr. Le contaré a María lo del almacén, lo entenderá. Le diré lo que hice, no dirá nada a nadie.

Seis menos ocho. Tengo que dejarla. Dejarla en algún sitio. Tengo que desactivarla, ir al baño y desactivarla. ¿Cómo? Me va a estallar en las manos. Tirarla fuera. A la calle. Me verán y me meteré en líos, joder. Seis menos siete. Bajo las escaleras hacia el almacén tan rápido como puedo. No hay nadie cerca. Empujo la puerta. Cerrada con llave. Empujo otra vez. Saco la llave. Se me cae. Seis menos seis. Me agacho, la recojo. Las manos me resbalan. Respiro con dificultad, me ahogo. Me van a estallar los pulmones. Me mareo. Giro la llave. ¡Se abre! Empujo la puerta con los dedos. Se abre despacio. Entro. Seis menos cinco. Oscuridad. Desde el fondo oigo gemidos ahogados.

—¿Te gusta, zorra? ¿Te gusta?

Mis pasos suenan. Los gemidos se detienen.

—Cállate. ¡Shhh! ¿Quién anda ahí? ¡Eh!

Me detengo. Miro alrededor. Huele a claveles y a cerrado. Me escondo tras una montaña de discos. Seis menos cuatro. Saco la mochila. Oigo a Andrikos levantarse. Miro por encima del hombro. No lo veo. El borde de un disco me molesta en la espalda. Abro la cremallera de la mochila.

—¡Eh! ¡Eh! ¿Quién es? ¡Fuera!

Se acerca. Saco la caja. Un reloj pegado en la parte superior marca tres minutos, la cuenta atrás ha comenzado. La dejo sobre el disco más alto. No me ve. Hago como para salir. Mis pasos suenan. Me agarra por detrás. Intenta girarme hacia él.

—¿Qué haces aquí, cabrón?

Hago como para correr, pero me agarra por la camiseta. Empujo con toda mi fuerza para soltarme, la camiseta me rasga el cuello, las costuras se revientan.

—¿Qué haces aquí, eh? ¡Jodido fisgón!

—¡Suéltame, vete! Grito: ¡FUERA! ¡Suéltame! ¡FUERA! ¡FUERA!

Intento despegar sus manos de mí. Sus dedos están enganchados a la camiseta.

—¡Suéltame, fuera! ¡Sué...!

Su puño me da en la nuca. Me desplomo. Un minuto. No tengo consciencia, solo imágenes: Verano. Albania. Unos se casan.

Un círculo se forma a mi alrededor. Bailan. En el centro, yo, con mi clarinete.

> *¡Ay mi Giannis, mi Giannis, anda.*
> *Giannis mío, tu pañuelo, ven.*
> *¿Por qué lo tienes manchado, ay Giannis, Giannis?*

Treinta segundos. Alguien dispara al aire para la buena suerte.

> *Lo manchó, lo manchó, ay-ay,*
> *lo manchó la tierra extraña, ven,*
> *ay Giannis, mi Giannaki, la tierra la maldita tierra extraña,*
> *ay mi mozo, la tierra extraña desierta*[4]

---

[4] «Gianni mu, to mandili su», canción tradicional polifónica de Epiro, con la primera grabación en 1962 y numerosas versiones posteriores, siendo la más conocida la de Domna Samíu (1989).

Thanasis Jatzópulos[*]

Tanatorio

La entrada del tanatorio tenía el aspecto de una oficina pública, con el envoltorio burocrático de Hacienda. Mármol, frialdad, arquitectura anodina. Evridiki entró con miedo de más. No lo reconoció. Se quedó mirándolo: el rostro intacto por el accidente, sin una sola raya ni señal de muerte; solo las arrugas de la edad lo ensombrecían. ¿Quién estaba sobre la mesa de mármol? No era Tasos. No era aquel con quien había vivido veinte años. Mientras lo miraba, ese rostro desconocido comenzaba a estancarse y desde sus profundidades reflejaba con horror algo familiar. Los labios, las arrugas alrededor de los ojos que se extendían en forma radial hacia las sienes, como si alguien hubiera excavado la piel de manera sistemática y planificada: las preocupaciones. Toda esa lucha por mantenerse en vida y al lado de ella. De allí empezó y allí terminó todo; del reconocimiento del esfuerzo en su rostro y del reconocimiento de él en su esfuerzo. Así apareció en el tanatorio ese rostro, allí donde ella nunca lo había imaginado. Ella, que en tantas otras cosas no lo reconocía, ahora era llamada allí para reconocerlo. Tras un primer momento de estupor, empezó a dejar atrás poco a poco el miedo y a ver, a reconocer en ese hombre al hombre al que amaba. Para una declaración, como la de Hacienda, pero en otro contexto. Una declaración amarga, por oleadas.

Se dio de bruces con la realidad en repetidas ocasiones. El cabello, su color, aunque cubierto de polvo y marcado por el contacto de la chapa del coche con la violencia de la velocidad que lo estampó contra el quitamiedos de la curva y lo lanzó afuera. Un viaje como otro cualquiera, de esos que de

---

[*] Premios Literarios Estatales. Premio en la modalidad de Relato y Novela Corta 2021, *Presente histórico,* Ediciones *Polis,* Atenas 2020 («Tanatorio», pp. 50-53)

vez en cuando lo llevaban a la capital por encargos, sus gestiones para la pequeña fábrica. Nada más. Ya no tenía vida ese rostro, su rostro junto al de ella. Allí empezó a consolidarse la certeza de la muerte; la muerte de él dentro de ella. Volvió la mirada al dorso de su mano izquierda, esa que nunca había tocado. Porque el peso de la otra la había recibido con frecuencia en su propio rostro, y ahora yacía allí, destrozada tanto como ella misma. Pedazos que casualmente aún seguían manteniéndose bajo la piel. Miró el dorso de su mano izquierda. Como si buscara otro cuerpo más allá de esa mano, pegado a esa cabeza que, sin duda alguna, era suya. Un intento desesperado de aferrarse a su negación. Esa negación, después de todo, fue lo que la mantuvo en pie junto a él toda la vida. Esa negación le daba vida a ella. La regaba, así como él lo hacía incesantemente y con casi absoluta constancia cada noche. Ella aguantaba paciente bajo su cuerpo. No, ese cuerpo sin vida bajo sus ojos no era Tasos, esperando que reconociera su identidad. Aunque tenía su mismo rostro, no era él. Su mano destrozada para golpearla de nuevo en la cara como un manotazo, como cada vez que ella negaba lo evidente. Su ropa, maltratada y rasgada aquí y allá, vestía el mismo cuerpo. La camisa de cuadros pequeños y los pantalones de pana que llevaba a la tintorería para que no se dañaran ni al lavar ni al planchar. Empapados en sangre. Ella corrió de inmediato en cuanto la avisaron después del accidente. Del Ford apenas quedaba nada, y solo había indicios para confirmar su identidad. Ella tendría que certificar el cuerpo de Tasos. Habían compartido veinte años de comida y cama. Dos hijos, sombras que ahora la acompañaban como velas, como si ella misma fuera la muerta. Las fatigas de toda una vida que, en el camino hacia el tanatorio, le parecían ahora deshechas, desgastadas por el tejido que habían creado juntos. Ya no sabía qué estaba negando: si su unión o el propio tejido. Y ahora, fibra a fibra, deshilachaba el diseño, la densidad, el tejido. Al verlo muerto frente a ella, comprendía lo que no había percibido en toda una vida.

El tanatorio había desenrollado su unión en ese espacio intermedio que había puesto entre ellos: el cadáver. Ese cadáver era Tasos, y ella estaba ahora obligada a reconocerlo allí. Por primera y última vez.

Jristos Jristidis*

Desnudo

Vagaba atrapado en una ciudad sin salida, un laberinto interminable. El asfalto se desplegaba ante él como una alfombra negra que lo desafiaba a cruzarla. Caminaba sintiendo los edificios a su alrededor como caparazones de cemento que incubaban de ellos algún secreto inconfesable.

Se inclinó sobre el hombre en la silla de ruedas, le cerró las palmas entre las suyas. Rígidas. Se las frotó suavemente. Doblando las rodillas, le subió los bajos del pantalón, tocó sus pantorrillas. Heladas. Le desató los cordones y le quitó los calcetines. Pies esqueléticos. Juanetes, callos y uñas amarillas le revolvieron el estómago.

Abrió la maleta. Sacó un desodorante en espray y roció los pies desnudos. Escogió un par de calcetines de lana, se los puso, luego los zapatos.

—¡No va más! Le voy a encontrar alojamiento enseguida.

Se acercó al primer edificio que tenía enfrente. Parecía salido del mismo molde que todos los demás. Entrada recubierta de cristal y mármol. Apoyó la frente en el cristal, tratando de ver dentro. Oscuridad. Retrocedió. Levantó la mirada. Las ventanas estaban medio oscuras, pero en algunas distinguía sombras difusas. Alzó los brazos y empezó a agitarlos en el aire, como quien despide a pasajeros desde el muelle. Ninguna respuesta. Volvió a la entrada. Golpeó el cristal con la palma, al principio con timidez, luego más fuerte. Su voz, penetrante:

—Sé que me oyen. ¡Abrid, de una vez!

Las venas del cuello le latían, la cabeza le zumbaba, la mente nublada. Agarró el picaporte de la puerta principal, giró y empujó con fuerza. Sonó un chasquido seco en la cerradura y la puerta cedió.

* Premios Literarios Estatales, Premio en la modalidad de Relato y Novela Corta 2021, *Desnudo*, Ediciones *Endefktiríu*, Atenas 2020 («Desnudo», pp. 65-72)

Entró al interior junto con la niebla amarillenta.

Caminaba en la penumbra. Un fuerte olor a humedad. Sus ojos se acostumbraron a la escasa luz. Bajo sus pies, mármol gris. En una esquina había un parterre con gravilla y macetas de barro vacías. Al fondo se distinguían varias puertas de entrada alineadas. Las paredes y el techo estaban decorados con apliques de bronce tallado.

Se paró frente a la primera puerta. Llamó suavemente. Su voz suplicante resonó por todo el pasillo:

—¡Escuchadme! Acompaño a un hombre recién operado. Temo que en cualquier momento se derrumbe. Necesita cuidados y una cama caliente para descansar unas horas. No os daremos problemas. Somos visitantes, no somos migrantes. Nos iremos en el primer vuelo. ¡Por favor, abrid! ¿Estáis sordos? ¿O están vacíos por dentro? —susurró, bajando la cabeza.

Guardó silencio y aguzó el oído. Absoluto mutismo. Sintió cómo regresaba la jaqueca, partiéndole la cabeza en dos. Fue al parterre. Agarró una maceta y la lanzó contra la pared; se hizo mil pedazos. Luego otra, y otra más. Enloqueció. Se quedó de pie en medio del pasillo, aullando como un animal atrapado:

—¿Responderá alguien o lo rompo todo aquí dentro…?

Silencio sepulcral.

De repente, desde los pisos superiores empezaron a oírse ruidos ensordecedores, como si golpearan tapas de ollas entre sí, acompañados de voces estentóreas. Todo ese estruendo comenzó a bajar como una riada, lo rodeó y lo cubrió.

—¡Déjanos en paz ya!

—¡Lárgate a tu casa, pelirrojo!

—¡Desaparece de aquí, histérico!

Salió hecho polvo del edificio. Fue hacia el anciano. Le apretó la mano. Seguía helada. Dijo con voz quebrada:

—Lamentablemente no logro entender qué demonios pasa. No quiero darle falsas esperanzas. Seguimos, y ojalá encontremos pronto alojamiento.

Caminaba y sentía que se adentraba cada vez más en los rincones ocultos de la ciudad. Al fondo de la calle, la niebla pálida se volvía cada vez más densa. Los edificios parecían derretirse como velas, perdían su contorno y se asemejaban a esculturas amorfas en un silencioso museo de cera.

Un poco más adelante, distinguió a un hombre con traje blanco sentado en un banco de madera. Leía un pequeño libro. A sus pies, abandonada, una bicicleta.

Se le acercó. Reconoció el libro, los ojos le brillaron. Dijo:

—Excelente elección. Yo diría que una obra maestra. Lo leí hace años.

El hombre de blanco lo miró y exclamó:

—Al final, todos estamos muertos.

—Es cierto, es increíble cómo el protagonista, buscando a su padre, descubre que en ese lugar todos, incluso él mismo, están muertos.

—¡Estamos todos muertos!

—Te ha marcado profundamente.

—¡Aquí estamos todos muertos!

—¿Y cómo estás tan seguro?

—Fui a mi propio entierro.

—¿Muerto y hablas?

—Aquí los muertos hablan.

—¿Y qué dicen?

—Fui a mi propio entierro.

Observó la corbata blanca, el pañuelo blanco en el bolsillo de la chaqueta, los zapatos blancos en los pies del hombre en el banco, y le dijo en voz baja:

—Como muerto, supongo que lo sabes todo.

—¿Qué busca usted?

—Mi casa.

—Su casa es su tumba.

—¿Hablas en serio?

—De loco y de muerto se escucha la verdad, y yo reúno ambas condiciones.

—¿Y cómo encontraré mi tumba?

—No se preocupe… ella lo encontrará a usted.

—Correcto. Ya que aquí los edificios se mueven…

—No se mueven los edificios, la tierra se mueve. Recuerdo como si fuera ahora el día que morí; era por la mañana, aunque también pudo haber sido por la tarde, durante aquella inesperada explosión solar, cuando me desperté por el sacudón de la cama. Al principio lo viví como un sueño: era un bebé y mi madre me mecía nerviosa en la cuna, pero no era su arrullo, sino el rugido de las entrañas de la tierra que temblaba. Salté de la cama aterrado, miré por la ventana, balbuceé «terremoto», me quedé helado al ver la tierra abrirse, bajé las escaleras rodando, abrí la puerta de entrada y me encontré en el aeropuerto y en el puerto… ¿Entonces?

—¿Entonces?

—Cuando estás en dos lugares diferentes al mismo tiempo, ¿qué eres?

—¿Dividido?

—Muerto. Como usted.

—¿Estoy muerto y tengo hambre?

—Reflejos condicionados. No se preocupe, se le pasará en cualquier momento.

—¿Hasta entonces, sabes dónde podemos encontrar algo de comer?

—¿No entiende lo que le estoy diciendo?

—¿Que estoy muerto?

—Exacto.

—¿Y esto es el infierno?

—Puede que el paraíso. Depende del temperamento del muerto. Yo, por mi parte, me lo paso bien aquí, me siento muy cómodo.

—Nosotros, en cambio, que no lo estamos disfrutando, ¿hay alguna posibilidad de que salgamos de aquí?

—Los muertos solo viajan en la literatura —dijo el hombre de blanco apoyando su libro, se levantó y se dirigió hacia la silla de ruedas. La observó con curiosidad y rompió a reír.

Lo miraba mientras señalaba con el dedo al anciano y no podía parar de reírse. Apretó los puños. Se contuvo y le preguntó:

—¿Ves algo gracioso?

El hombre de blanco seguía mirando la silla, llorando de la risa.

—¿Los muertos se ríen? —le preguntó con calma.

—Los muertos se ríen y los vivos lloran. Entonces... ¿qué soy yo? —dijo el hombre de blanco.

El anciano también empezó a reír con fuerza. Su risa se interrumpía por accesos de tos. Se acercó a él, lo alivió con el inhalador, le tocó el hombro.

—¿Qué le pasa?

—No te preocupes, no es nada. La risa es contagiosa para los bebés y para los vejestorios. Y este lunático, tan seco como está, con esa cara tan alargada, como si lo hubieran sacado a cucharadas del vientre de su madre, me recuerda a un tío lejano por parte de mi madre. Era maestro en el pueblo de mi abuelo. Cuando perdió la cabeza, algunos cortos de entendederas decían que se había vuelto loco de tanto leer. Pero la realidad era otra. Mi tío perdió el juicio desde que murió, y más concretamente, al día siguiente de su entierro, cuando la viuda del sacristán fue a encender el candil sobre la tumba del difunto y escuchó gritos saliendo de la tierra de al lado. Aterrorizada, dejó atrás el incensario, las mechas, los carbones, los candelabros, el incienso, el aceite, el candil de cerámica, las estampitas de la Virgen, y también su velo negro. Desgreñada, corrió hacia la iglesia y, jadeando, le contó al cura lo ocurrido. Él frunció el ceño, agarró el hisopo, la cruz de plata con madera santa y el incensario, y se los dio al cantor para que los llevara en procesión. Él mismo, a paso rápido, cogió el icono milagroso, lo alzó al cielo, y con la sotana ondeando por el fuerte viento, seguido por todo el pueblo, bajó hacia el barranco con los castaños hasta llegar a los cipreses del cementerio para exorcizar las tumbas. Y en efecto, al acercarse a la tumba del sacristán, del suelo de al lado se oyó un desgarrador grito: *¡Cristianos, cristianos, sacadme de la tierra!* Al principio reinó un silencio sepulcral, pero pronto el pueblo reaccionó, se persignó y empezó a cavar incluso con las manos la tierra blanda, hasta que llegó al ataúd de mi tío.

Lo abrió, y de dentro saltó el maestro como un actor saliendo de las bambalinas en el final de la función. Se sacudió la tierra del traje negro mientras el pueblo exclamaba: *¡Milagro, milagro!*, aplaudiendo con entusiasmo incontenido. El cura lo roció con agua bendita, llenó el aire de incienso y recitó del Evangelio según San Juan el pasaje de la resurrección de Lázaro.

El pueblo se santiguó, cayó de rodillas y recitaba oraciones con los labios entreabiertos. El maestro, al contemplar esa escena ante él, también se arrodilló, no para recibir la bendición del cura, sino porque no podía contener la risa, ya que lo que en realidad le había sucedido era un caso de catalepsia. Había sido enterrado vivo, y gracias al castaño podrido que dejaba rendijas en el ataúd, así como a la tierra ligera que lo cubría, logró seguir respirando. Sin embargo, como sufría de claustrofobia, después de tantas horas atrapado en la caja perdió el juicio. Así que, al salir de la tumba, reía como un endemoniado, gritando: *¡Todos están muertos y no lo sabéis!*. Entonces el cura dejó este canto y empezó a recitar las oraciones de exorcismo de san Juan Crisóstomo, blandiendo la cruz hacia el irreverente maestro y acusándolo de no haberse confesado nunca, razón por la cual, decía, no se podía morir ni podía descansar en paz. Algunos malintencionados incluso comentaban que, desde entonces, las confesiones en el pueblo disminuyeron drásticamente. Fuera como fuese, el «maestro loco» pasó a ser parte inseparable de la pequeña comunidad. Montaba todo el día una bicicleta desvencijada y recorría los caminos de tierra del pueblo. Recuerdo especialmente una Pascua en la que habíamos bajado en familia al pueblo. Yo aún iba a primaria, y el maestro loco me hizo sentarme en la parrilla trasera de la bici. Lo abracé con fuerza por la cintura (su cuerpo olía a yogur agrio) y empezó a pedalear con ímpetu hasta que llegamos a la bajada. La bicicleta no tenía frenos y la detenía pisando la rueda delantera con la planta desnuda del pie, que era más dura que el caucho. Dábamos vueltas por los barrios y gritaba, muerto de risa: *¡No soy de este mundo! ¡Invitadme a algo y os contaré vuestro final!* Y en efecto, los hombres, ociosos todo el año, ya que el pueblo vivía del castaño, que recogían jornaleros forasteros, lo llamaban a las mesas del café, bajo el enorme plátano oriental. Lo invitaban con tsipuro, soutzoukakia, queso curado, encurtidos, aceitunas y dulce de castaña. Y cuando al final lamía el almíbar del platito como un niño, comenzaba a describirles su inminente final con una gracia desbordante; pues, al fin y al cabo, era maestro. Cada vez inventaba una historia distinta para cada uno, riendo a carcajadas, y como el miedo a la muerte genera una risa liberadora, si pasabas en ese momento por la plaza, veías a todo el pueblo sujetándose el vientre de tanto reír. Todos, menos el cura. Cada vez que lo pillaba con sus profecías de muerte, lo perseguía con su cayado, echándole maldiciones.

Finalmente, el maestro murió de verdad, muchos años después. Pero esta vez el ataúd fue sellado herméticamente con clavos largos, por orden del cura, y desde entonces nadie volvió a oír su vozarrón gritando: ¡*Estáis todos muertos*!. Solo los niños, en las noches de luna llena, cuando juegan a los muertos vivientes en el cementerio, dicen que de vez en cuando se oye una risa baja, tenue, que sale desde la tierra. ¿Están todos muertos en esta ciudad?

Nasia Dionisíu[*]

¿Qué es un campo?

Martes 29 de abril de 1947

Desde la mañana, un denso velo de polvo lo había cubierto todo. Cuando me levanté y salí al patio, apenas podía distinguir la higuera; todo lo que estaba más atrás se desvanecía como un sueño descolorido. La señora Iulianí me hizo una seña desde la ventana, avancé hacia la puerta, la cocina despedía el aroma de la hierbabuena hervida y del mahleb, fragancias que encendían dentro de mí imágenes enterradas y olvidadas. «Pasa, hijo mío», dijo. «Señor Fedón», corrigió. ¿Por qué corrigió? Precisamente, porque nunca me harté de ella.

Segundo día de entrevistas, sin ningún plan, ni siquiera de cómo comenzar una conversación; sé que el gran dolor permanece oculto, no se muestra, no se habla de él. Al llegar a Karaolos, primero caminé entre las tiendas, para estirar un poco el cuerpo, para volver a familiarizarme con esta imagen del encierro sin sentido. Pero pronto alguien me llamó para que me sentara con ellos; era un pequeño grupo con mujeres y hombres juntos. Quien tomó la palabra era un judío ruso; a los veintiún años se había ido a Hannover, abrió una sastrería, se casó y tuvo cuatro hijos. En el 38 ya llevaba veintisiete años viviendo en Alemania, y nunca se le había pasado por la cabeza hacer los trámites para obtener la ciudadanía. Un hombre como tantos que había conocido durante mis estudios, podría haber sido compañero de clase o incluso mi profesor; en aquel entonces, nadie los distinguía.

[*] Premios Literarios Estatales. Premio en la modalidad de Relato y Novela Corta 2022, *¿Qué es un campo?*, Ediciones *Polis*, Atenas 2021 (*¿Qué es un campo?*, pp. 35-44)

63

«El 23 de octubre», dice, «jueves por la noche, a las ocho, vino un policía, golpeó la puerta, casi derriba la casa de lo fuerte que tocaba, ordenó que fuéramos a la comisaría 11. Que no lleváramos nada, dijo, que fuéramos tal como estábamos, solo los pasaportes y una manta. ¡Salgan! ¡Salgan!» Entonces subieron, junto con su esposa, al camión; en el camino se detenían para que subieran otros también, se oían puertas que se abrían y se cerraban, personas despeinadas en medio de la noche, sin abrigos, ni siquiera les dio tiempo a poner zapatos a los niños. Algunos alemanes de las casas vecinas se atrevían a salir a los patios, se tapaban el rostro con las manos; algunos de los judíos alcanzaron a lanzarles las llaves: «cuidad la casa», se oían lamentos por todas partes. La misma imagen también en la comisaría. «¡Firmen! ¡Firmen!» No teníamos elección, todos firmamos, sin saber siquiera qué firmábamos, y así les traspasamos nuestras propiedades». Luego los llevaron al auditorio municipal de conciertos, serían unas seiscientas personas; las SS recogieron el dinero de sus bolsillos y, al amanecer, los trasladaron a la estación de tren. El sábado por la mañana llegaron a Nümbrecht, una ciudad cerca de Polonia; en ese momento, llegaban también otros trenes, de todas partes: Bremen, Colonia, Leipzig, Düsseldorf… Se juntaron unas doce mil almas. Los hicieron caminar hasta la frontera. Llovía. «"¡Corran! ¡Corran!" Las SS azotaban a quien se quedaba atrás, fue la primera vez que conocí semejante crueldad», dice, «la sangre corría, yo rezaba». En algún momento cruzaron a Zbąszyń, un pequeño pueblo; los habitantes no sabían nada, algunos salieron corriendo a darles agua: «¡*Wasser! ¡Wasser!*», pero las SS no se lo permitieron. Se quedaron en un cuartel, muchos en los establos. El domingo les trajeron pan. Días después, él logró escribirle a su hijo en Francia: «No envíes más las cartas a Alemania, Alemania ya se ha perdido, nuestro país ya se ha perdido, no las envíes, se ha perdido, se ha perdido toda nuestra vida».

Justo después, una mujer, de unos veinte años, me mira. Ojos almendrados, pestañas largas, cabello que recuerda la seda; una belleza fuera de lugar, inútil en medio de estos Campus.

La mujer se remanga, dejando ver en la parte interna de su brazo un número de cinco cifras, lo baja casi de inmediato y empieza a hablar.

«Me llamo Bertha. Cuando los vagones llegaron al cuartel y se abrió la puerta, se escuchó música, música alegre, tradicional de nuestra tierra.

"Escucha", dijo entonces mi madre, "en un lugar donde hay música, no puede ser que no estén bien".

Inmediatamente levantamos nuestros hatillos. Al partir, nos habían asegurado que nos llevaban a un lugar donde podríamos vivir. Así que dijimos: vamos, vayamos cuanto antes, nadie escapa a su destino... ¿cómo podíamos saberlo?» Pero en la puerta del vagón los esperaban soldados, dice la mujer, «*¡Raus, raus, raus!*» y ladridos de perros grandes. Frente a ellos se extendía la nieve embarrada. Saltaron todos afuera y se encontraron en la rampa. Los soldados los alinearon en una fila. Un hombre con bata de médico, guantes blancos, gafas, los separaba con el dedo en dos filas: «Tú, a la derecha; tú, a la izquierda; izquierda, derecha, izquierda...». A los que enviaron a la izquierda, los cargaron en camiones y nunca más se les volvió a ver. Los demás esperaban en la puerta, primero para que les marcaran el número. Eso lo hacían prisioneros, con dos plumillas paralelas, una para perforar la piel y la otra para dejar la tinta, verde y espesa, sobre la carne. Después los separaron. Todo ocurría muy rápido. A las mujeres las llevaron a una sala y les raparon el cabello. Tantas trenzas caídas al suelo... Se desnudaron, les dieron uniformes, ya usados, harapos. «Ya no era yo», dice la mujer, «ya no era nadie». La música se escuchaba hasta que cayó la noche. Entonces las arrojaron a los barracones, muchas mujeres juntas, sobre tablones de madera, arriba y abajo, pilas de cuerpos, personas amontonadas como ratas, sin poder moverse, ni girarse, ni respirar. Ella tenía a su madre. La madre la abrazaba fuerte, para que no se oyera su llanto, y le susurraba una y otra vez su nombre: Bertha, Bertha, recuérdalo, le decía, recuerda que eres Bertha. «Desde entonces no volví a llorar», dice la mujer. Luego, todos los días eran iguales, comenzaban con la selección matutina. «No me importaba», dice, «sabía que aunque no estuviera en esa fila, estaría

Nasia Dionisíu

en la siguiente o en la de después de esa». Y entonces la llevarían a los barracones, se quitaría el uniforme, lo dejaría en los montones con la ropa de los demás, luego abriría y cerraría esa puerta que sellaba, volvería a abrirse y, de allí, los cuerpos irían hacia los hornos, y lo que quedara de cada uno, media libra de cenizas, tal vez incluso menos.

Otros prisioneros tendrían que limpiar los hornos, recogerían las cenizas con las palas, llenarían el carrito, luego el carrito rodaría sobre el pequeño puente, vaciaría su carga en el lago. «Todo se hacía con orden», dice, «como si fuera una vida normal», mientras la música seguía sonando a través de los altavoces, óperas de Wagner, fugas de Bach, música en medio del infierno. El último invierno antes de la liberación, las pusieron a destruir los crematorios y las vías del tren. «¿Cómo íbamos a sacar», dice, «las vías con una pala?» Una noche las levantaron, descalzas, sin ropa, las sacaron del cuartel, las alinearon con otros grupos, mujeres y hombres, y caminaron hasta la mañana. A lo lejos veían llamas, tal vez estaban librando batallas, pero no lo sabían. A lo largo de todo el camino las obligaban a cantar, se oían disparos, muchos no aguantaron. Su madre se quedó atrás, ella no volvió la vista, siguió cantando más fuerte, no podía hacer nada más, no lloró. «Todavía no he llorado», dice.

Tantas lágrimas no lloradas, pienso, tanto mal, ¿y quién lo redimirá alguna vez? Me dan ganas de mugir.

Luego, uno me hizo una señal, indicó a una persona que estaba sentada en cuclillas; aún no puedo decir si era hombre o mujer, adolescente o adulto. Me acerqué y me senté también en el suelo, frente a él. Observé sus manos, cerradas, una metida dentro de la otra, como si no quisieran separarse. Se inclinaba hacia adelante y luego lentamente hacia atrás, de nuevo hacia adelante, de nuevo hacia atrás, hasta que su cabeza caía de lado, inmóvil. Su mirada estaba fija en el vacío, más allá de mí, más allá de todo. «Es de los experimentos, señor», me susurró el que me había señalado, «lo tenían en Buchenwald».

Realmente parecía una persona destrozada, alguien a quien habían triturado y ahora sus piezas no podían funcionar juntas. Una tragedia inconcebible pintada en su rostro. En un momento comenzó a hablar, su voz suave e inocente, cantarina como la de los niños.

«Fui desplazado al bosque de hayas», dijo, «aunque ya en el bosque no había hayas, ni siquiera bosque; sabes, un bosque entero puede ser destruido en un solo día, pero para ellos era simplemente una solución, les bastaba con que conservaran el nombre del bosque y el árbol, bajo cuya sombra escribía su poeta. Y realmente el árbol de Goethe era hermoso, y hermosas sus palabras, que hablaban de sanatorios y castillos, de difíciles problemas médicos y del honor de la nación, o hablaban de caballos que transportaban piedras en las canteras mientras cantaban». Oh, eran hermosas sus palabras y sus canciones, y el árbol de Goethe; su sombra caía densa y sus hojas crujían suavemente, tanto que a veces me confundía y me imaginaba que a mi lado pasaban multitudes de personas, que luego desaparecían, o pensaba que oía ráfagas de ametralladoras, o veía a través del cristal empañado cómo se alzaban al amanecer nuevas hayas, solo que su sombra ahora era tenue, como las sombras de los ahorcados. Me confundía tanto que me parecía que el cielo era rojo sangre y que nevaba con copos de ceniza, o que se formaban montículos de cuerpos caídos, o que eran personas llevando en sus espaldas los carromatos con piedras. Pero, sabes, eran caballos y yo me confundía, ciertamente eran caballos, tenían razón sus palabras, «caballos que cantaban». Porque en este bosque, así debía ser, debía ser realmente caballos cantando, donde solo se habían extinguido las hayas y de las anchas chimeneas caía nieve blanca, nieve completamente blanca.

Quise decir algo, al menos tomar las manos de este hombre entre las mías, asegurarle que no siempre tienen razón las palabras; pero me alejé apresuradamente, como el que huye. El dolor de los demás me deja tan mudo que a veces pienso que Dios puso la pluma en mis dedos para que mi paso por el mundo no fuera completamente absurdo.

Caminé hacia el borde del cuartel, la niebla seguía extendiéndose a mi alrededor, ahora la sentía reconfortante, las puntas del alambre de espino parecían suavizarse, como si se ablandara la áspera disposición de las tiendas y los testimonios de las personas parecían ir profundizándose dentro de mí, armonizando suavemente con mi respiración.

Llegué junto al cercado, poco pasto allí, espinas, olores de lentisco, más allá el rodar de las olas, el mar intacto y esta desierta playa nublada. A una milla de distancia, Famagusta, una ciudad fantasma para esta gente de aquí, su zumbido lejano, muy lejano. La geografía, pienso, es algo desconcertante. A mi alrededor, la quietud era dura.

De repente sentí que alguien se había acercado y me di la vuelta. Era un hombre. Frente ancha, ojos oscuros, un abrigo. Pensé, raro, que alguien llevara un abrigo en esta época, y ni siquiera había visto otro atuendo similar entre los prisioneros; solo su mirada oscura, igual a la de todas las personas que había encontrado en estos dos días. Daba la impresión de un vagabundo, de alguien que estaba en un lugar donde no debía estar y faltaba de donde debería haber estado. Se detuvo a mi lado, mirando hacia el horizonte. Luego escuché por primera vez su voz, no supe si se dirigía a mí, si estaba hablando en voz alta o si tartamudeaba. Solo podía distinguir palabras en alemán, todas inconexas, sordas e incomprensibles, que se desvanecían en la penumbra.

Mi país.
Un cuento.
Lengua sin persona.
SS, para siempre ese.
Ceniza. Noche.
Mi madre. Un pañuelo.
Ceniza, ceniza.
Noche-y-noche.
La raíz.
En el aire.
El corazón en todas partes.
Sombras.
Solo las bocas se salvaron.

Un grito que no calla.
Habla.
Ya no más.
Es hora...

Una sensación extraña, como si más que antes todo se hubiera empañado a mi alrededor, como si no existiera. Ya no escuchaba ni veía al hombre, algo aleteaba en mi pecho, latidos desordenados de muchos corazones a la vez. En algún momento sentí que mis pies se habían elevado en el aire, parpadeé, a mi lado no había nadie. Un paisaje mudo, inmóvil, borroso. Un estremecimiento desconocido. Entonces comencé a caminar lentamente hacia las tiendas de campaña. Abajo no se veían huellas, tal vez hubieran pasado algunos minutos, quizás fuera porque la luz se desvanecía en el pálido mediodía, o tal vez la arena que se esfuma. Detrás de mí quedaba el mar, testigo eterno, ¿y quién podría agotarlo?

Vanguelis Jatzigiannidis[*]

Tu nombre

Me habías informado. O mejor dicho, te habías encargado de que me informara. Y eso, por supuesto, fue un acto de generosidad por tu parte. Otro más. Como de costumbre, lo supiste todo antes que nadie y, enseguida, te apresuraste a que me llegara la noticia; a que supiera lo que me esperaba. Fue muy valioso aquel poco tiempo que tuve a mi disposición, no para prepararme con abogados y asuntos por el estilo, sino para poder reunir toda la fuerza que aún quedaba escondida dentro de mí. Sabía que iba a necesitarla. En ese breve lapso, tracé con calma, paso a paso, cada uno de mis movimientos, incluso las frases, las palabras exactas que diría a los policías, al juez de instrucción, más adelante al tribunal.

Cuando llamaron al timbre, ya estaba casi listo. Había hecho dos o tres llamadas necesarias, me había encargado de la gata. Me había lavado los dientes. No sabía cuándo volvería, si es que iba a volver. Todo en aquel momento parecía aún borroso. Era un hombre uniformado y dos de civil. En cuanto los vi plantados en la puerta, pensé: «Han venido a detenerme, un hombre uniformado y dos de civil». Pensé que en el futuro contaría muchas veces esa escena y que siempre repetiría exactamente las mismas palabras: «Era un hombre uniformado y dos de civil». Y así fue, repetí esa frase muchas veces. Aunque, claro, no es imposible que algún día deje de hablar de todo eso.

Cuando hayan pasado muchísimos años y el pasado se haya borrado, espero que un día haya olvidado que alguna vez vinieron a detenerme un hombre uniformado y dos de civil. Tal vez recuerde solo lo esencial:

[*] Premios Literarios Estatales. Premio en la modalidad de Relato y Novela Corta 2023, *Tu nombre*, Ediciones *To Rodakió*, Atenas 2022 («Tu nombre», pp. 9-10, 12-14, 38-42, 81-91)

71

el despacho del juez de instrucción, la celda de la cárcel. Algunos rostros, quizás, pero incluso esos ya sin nombre.

*

Quienes no han estado nunca en la cárcel creen que se trata de una experiencia desgarradora, de una condición realmente inhumana, insoportable. Yo no la viví en absoluto así. No digo que fuera un paseo alegre en un parque de atracciones o que, al salir hoy de nuevo a la vida en libertad, extrañe la celda y me haya sumido en una profunda tristeza. Pero desde luego, y te lo digo con toda sinceridad, nunca sentí allí dentro, ni un solo instante, el duro castigo en mi pellejo. No sufrí. No lloré, no maldije a dioses ni demonios. Además, yo soy un poco insensible, ya lo sabes. El tiempo pasó relativamente fácil, anodina. Solo me venían a la cabeza los periódicos, el internet y los programas de televisión, que durante todo ese tiempo me ofrecían en bandeja, como plato fuerte, un pedazo de carne con mi nombre bien bañado en una salsa espesa. Pensaba en cuántas personas asociarían ya para siempre nuestro nombre con ese acto espantoso mío, pensaba que incluso solo el sonido de él, de nuestro nombre, despertaría de ahora en adelante sentimientos de rechazo y odio en personas que jamás nos conocieron de verdad, pero que sentían que ya lo sabían todo sobre nosotros. Y luego pensaba también en los demás, en quienes sí nos conocían, tanto si les caíamos bien como si no, y que al oír por primera vez la noticia (y el nombre) sintieron sorpresa, sí, por supuesto, una enorme sorpresa, pero al mismo tiempo también un placer extraño. No, no me refiero al regocijo malicioso, como si disfrutaran con mi caída (aunque muchos seguramente lo sintieron también), no, hablo de ese placer tonto que siente alguien solo por el hecho de conocer de primera mano al protagonista de una historia de actualidad. Es una gran satisfacción decir a tus amigos: «Ese lo conozco del colegio» o «Ese es ahijado de mi tía y he estado en su fiesta de cumpleaños» o «Ese vive en el piso de abajo, su timbre está justo debajo del nuestro en el portero automático». Eso era lo único que realmente me destrozaba: la deshonra de nuestro nombre. Todo lo demás no me importaba. Ni el encierro, ni nada. Ni siquiera los compañeros de celda.

Empecé a encontrar un interés genuino en la carpintería. Quise trabajar también en una escultura. El maestro, con sus manos de cera, se entusiasmó con mi deseo. «¿Y qué le gustaría hacer?», me preguntó. «Tengo algo muy concreto en mente», le dije, y era cierto. Esperaba que se lo aclarara. Lo miraba en silencio y él también. Ni yo decía cuál era aquello en concreto, ni él preguntaba. Así nos quedamos, mirándonos largo rato, como si compitiéramos a ver quién aguantaba más. Le dejé que me ganara.. «Réplica», dije. La palabra sonó muy bien en el lugar, redonda, como la ventana de la sala. «Muy bien», dijo, radiante de alegría, «una réplica». Algunas palabras, pensé, son potentes al margen de su significado, solo por su sonido. O por su rareza. O porque alguna vez las usó alguien importante. O porque no las entendemos del todo y suenan misteriosas. «¿Qué réplica?», continuó, «¿réplica de qué cosa?» Pero eso, claro, no podía revelárselo. Le expliqué que mi creación no delataría su fuente de inspiración, que en otras palabras no sería comprensible qué representaba. Llevaría el título «Réplica», pero nadie sabría qué tipo de réplica era, réplica de qué ser o de qué objeto. El maestro creyó que dentro de mí ardía lentamente un interés por el arte abstracto, pero yo lo bajé a tierra. «No quiero que nadie sepa, ni siquiera que adivine, lo que se esconde detrás de la forma de mi escultura. Por eso la haré ininteligible. Indescifrable. Solo yo estaré en condiciones de conocer su significado oculto.» Creía que eso despertaría la curiosidad del maestro. Pero él se limitó a decir: «Lo pregunto porque necesito saber qué material va a necesitar. Es decir, qué pieza de madera. De qué tamaño estamos hablando.» Le mostré con las manos la dimensión que imaginaba como ideal para la réplica que tenía en mente. Asintió con la cabeza indicando que lo había entendido. «Casualmente tengo en el garaje de mi casa un buen trozo de tronco, creo que de abedul. Es lo bastante duro para el trabajo que usted quiere, creo que te facilitará bastante las cosas. Solo necesito acordarme de traerlo la próxima vez», dijo dándose en la frente. Le hablé con mucha cortesía «Tiene que acordarse de traer ese abedul a toda costa, por favor se lo pido.»

Era comprensible, pensé, que ningún preso quisiera llevarse su obra de arte al salir, como recuerdo, sino que la dejara pudrirse en los estantes del taller de carpintería. ¿Por qué querrías recordar un período oscuro? Yo, sin embargo, estaba decidido a llevármela conmigo. Cuando llegara la hora bendita… Me la llevaría a casa y la adoraría para siempre. Estaba seguro de eso, aunque ni siquiera había empezado aún a construirla. Y no, no me la llevaría como recuerdo, no, no. Además, tengo mi propia teoría sobre los recuerdos. Cuando decides conservar algo de un momento importante de tu vida, en el instante en que las emociones están al rojo vivo, estás convencido de que esa pequeña prueba (una pequeña rosa, una pequeña nota, una piedrecita, un trozo de tela, un recorte de una entrada, una foto, una servilleta, un pequeño documento sonoro) llevará para siempre, de forma metafísica, la grandeza de aquella ocasión. Crees que, al volver a tocarlo, te transportarás automáticamente a aquel entonces, que sentirás tu alma estremecerse, que todas las emociones de aquella experiencia rara volverán a inundarte (eso crees), que será tu alfombra mágica que te llevará atrás en el tiempo, y juras que conservarás ese precioso recuerdo para siempre, que lo guardarás (crees) en un lugar seguro y que no te separarás de él nunca, mientras vivas. Eso crees. Pero ¿qué ocurre en realidad? Abres el cajón después de un tiempo, sacas con cuidado el sagrado vestigio y, por supuesto, esperas que cumpla con su cometido, es decir, con tu expectativa. Esperas que despierte en ti la gloria de aquel momento pasado. Y tal vez lo logre la primera o la segunda vez que lo saques a la luz. Pero después de algunos usos, el recuerdo parece desvanecerse. Lo acaricias, lo hueles, lo examinas, y él te mira inerte. Sí, sigue ligado al hecho memorable. Eso no puede cambiar. Pero, sin embargo, sigue siendo parte de su historia, pero ha perdido su fuerza, ya te resulta indiferente, no provoca ya ningún dulce estremecimiento dentro de ti. Está para tirar. Cuanto más creces, más claramente percibes la vanidad de los recuerdos. Especialmente alguien tan insensible como yo. Te das cuenta de que durante años has estado guardando cosas inútiles que injustamente te ocupaban espacio. Y entonces las tiras. Sin remordimiento. A la basura. No, entonces, yo no me llevaría la réplica como recuerdo para tirarla luego a la basura. Su uso para mí no sería conmemorativo; sería devocional. Eso creía.

*

Este relieve de madera no lo tallé yo; se talló solo a sí mismo. Usó mis manos como yo usé mis cinceles. Aquello que me domina decidió revelarme su forma, y ese fue su gran error. ¿Su error? Digamos que fue un error. Se rasgó el velo y vi su rostro. Se desveló. Desde entonces, su influjo no ha hecho más que debilitarse. No solo se debilita, sino que me doy cuenta, a medida que lo observo (y hace ya horas que lo estoy observando en la penumbra), me doy cuenta de que empieza a formarse en mí algo parecido a la repulsión. ¿Es por el resplandor verdoso? No lo creo. Es una curiosa asquerosidad que me produce placer, aunque la asquerosidad, normalmente, debería ser algo desagradable. No sé cómo explicártelo. Es como si, en el fondo, siempre hubiese querido sentir esta asquerosidad, pero la tenía reprimida. Ahora chispea dentro de mí una pequeña llama de alegría. Quizás sea esa sensación primitiva de libertad que acompaña a la repulsión por quien te domina. Siempre decía que aquello que me domina no me quiere mal. Ya no estoy tan seguro. Ahora siento algo distinto. Y sé que esto no habría sucedido nunca, no habría empezado nunca a sentir de otra manera, si no hubiera creado primero la réplica de mi opresor. Lo miro y me mira, entre los pequeños brillos nocturnos que vienen de las tiendas de la calle. Por primera vez, el más asustado del grupo no soy yo. Sin moverme un ápice del sillón, visualizo ahora la siguiente escena:

Me levanto, digamos, y con paso totalmente firme me acerco a la réplica. La cojo en mis manos. ¿Por qué no es de cristal?, pienso. Qué pena que no sea de cristal. La dejaría resbalar y se me caería al suelo. No, cambio de idea enseguida: mejor que no sea de cristal. Tendría luego que recoger los pedazos con cuidado; pasarían meses y aún encontraría trozos traicioneros clavados por aquí y por allá. Mejor que sea de madera. Pongo el tótem en la chimenea. Le prendo fuego. Saboreo el aroma del humo. Llamas furiosas se dirigen hacia mí, pero me mantengo a una distancia segura. Mejor así, que no sea de cristal. De la madera no queda nada: combustión total.

Lo que me dominaba ya no existe. Su escasa, mínima ceniza se dispersa a los cinco vientos. Pero eso es solo una visión, simplemente una visión. La realidad es otra: me siento siempre en mi sillón y la réplica de quien me domina está enfrente, junto a la puerta. La observo en la penumbra. Un niño pequeño seguramente se asustaría con su aspecto. Tengo hambre, pero me resulta imposible levantarme; estoy paralizado. Escucho las voces que vienen de la calle y huelo el tufo de los asadores. ¿Existe el peligro de que no me levante nunca de aquí? No lo creo. Confío en el instinto de supervivencia, que tarde o temprano me obligará a ponerme en pie, a buscar dinero en el escondite y a bajar a la calle a comprar comida. Ese mismo instinto me llevará, quizá, a quemar la réplica de quien me domina y a esparcir sus pocas cenizas a los cinco vientos. Será un acto de valentía obligada.

Amén.

Giannis Pasjos*

La crónica de un disléxico

El cuarto curso de primaria fue el primer año verdaderamente tormentoso. Pasé al aula junto con los de quinto y sexto, que tenía como maestro a mi padre. En todas las asignaturas secundarias, como las llamábamos entonces, algo conseguía hacer: religión, geografía, historia, antropología, economía doméstica. Pero en las materias principales, matemáticas, lengua griega moderna y redacción, ocurría algo trágico, y cuanto más me presionaba padre, más me bloqueaba. Tardaba notablemente en contestar o respondía cosas sin ton ni son, y todo, por desgracia, salía mal. La paliza, el método pedagógico más extendido de aquella época, estaba a la orden del día. Yo había desarrollado tal inmunidad, como todos los alumnos y alumnas, que ya no me importaba cuánto me pegaran. Palizas en casa, por parte de los tíos, en la escuela, incluso con los amigos en los juegos en los que nos lanzábamos piedras y sangrábamos por cualquier tontería; los días festivos, los días de diario, palizas por todas partes. Menos mal que no nos quedó ninguna secuela grave, porque algún daño sí que sufrimos: unos en mayor medida, otros en menor, aunque no lo confesemos…

El deseo de padre de que estudiara y escribiera era tan fuerte, y su decepción tan grande, que se enfadaba conmigo por la más mínima cosa. Y yo, por supuesto, de manera constante e incansable, fiel a mi táctica de resistencia, le daba todos los motivos necesarios, y aún más, para que tuviera dónde elegir. En algún momento, no sé cómo se le ocurrió, quizás sin saber ya qué hacer conmigo, me castigó a ir cada domingo por la mañana,

---

* Premios Literarios Estatales. Premio Temático Especial 2023, *El relato de un disléxico*, Ediciones *Perispómeni*, Atenas 2022 («El relato de un disléxico», pp. 66. 32-38, 43-46, 87-89)

lloviera o nevara, a la iglesia para ayudar al cura, aunque él mismo no tenía precisamente la mejor relación con las religiones y todo lo relacionado con ellas. La iglesia estaba justo al lado de casa. Iglesia, escuela, cementerio… todo junto, como era entonces en casi todos los pueblos.

Ese castigo, la verdad, lo disfruté mucho. Iba, pues, a la iglesia antes de que amaneciera, el primero de todos. Y antes siquiera de que llegara nadie, encendía todos los candiles y las velas de los candelabros. Por aquel entonces todavía no había electricidad en la zona. Luego subía al sitial del lado derecho, donde se sentaba normalmente el cantor, y se suponía que allí debía leer, como castigo, a la luz de las velas, el libro que el cura había dejado sobre el atril. Más tarde descubrí que eso era el Orto.

Leía una serie de cosas tontamente, a veces sílaba por sílaba, otras un poco mejor, luego paraba, me distraía, admiraba las imágenes a mi alrededor y las velas, y rezaba para poder escribir y leer como los otros niños. Me sentía a salvo de los fantasmas dentro de la iglesia; no me daban miedo los rincones oscuros y me encantaban las sombras que cruzaban las ventanas y hacían brillar sus alas. «Son los ángeles», pensaba, los ángeles de los que me hablaba mi abuela. Son invisibles, pero están aquí, a mi lado. Los fantasmas están fuera, escondidos. Las velas eran, para mí, los dedos de los santos que ardían para iluminar el lugar. Los sonidos del inframundo que se escuchaban mientras se calentaba el iconostasio con los candelabros, eran de las ofrendas que cobraban vida colgadas sobre sus imágenes: pies, manos, cabezas, barcos que se liberaban y volaban como pájaros de un extremo al otro de la iglesia, siempre pensaba en cosas así. Dentro de la densa oscuridad matutina, muchas veces entraba al altar, me santiguaba y tocaba sin miedo todo lo que había sobre el altar, aunque estuviera prohibido.

Cuando venía el cura, me saludaba, preparaba café dentro del presbiterio y con la taza en la mano se sentaba frente a mí y encendía un cigarrillo. El humo subía hacia la cúpula y los ángeles con sus alas lo alejaban, y yo me concentraba en la lectura e intentaba pronunciar bien las palabras que no entendía. Por alguna extraña razón, me gustaban esas palabras desconocidas y la musicalidad que brotaba de ellas; cuando las decía cantando, las decía más fácilmente y, gracias a Dios, nada más me gustaba tanto como cantar. Me mantenía de pie para alcanzar el atril y muchas veces me cansaba hasta que llegara el cura, pero nunca me quejé. Cuando, un poco más tarde, llegaba adormilado el cantor, yo me movía al altar, me vestía de monaguillo y ayudaba en todo. Había aprendido toda la liturgia de memoria: tropos, evangelios y qué debía hacer cada vez como ayudante del cura. En las festividades, bautizos y funerales era el primero, me correspondía y tomaba la primera cruz procesional, a pesar de la competencia. De los muertos, sabía quién se convertiría en fantasma y a qué vivo seguiría.

Les contaba estas cosas a mis compañeros y algunos de ellos tenían tanto miedo que no querían venir a la iglesia y por eso recibían más palizas de los habituales...

Ese castigo dominical me ayudó a entender lo fácil que era para mí convertirlo todo en imagen y recordarlo. Si cerraba los ojos y relacionaba los salmos con los movimientos y acciones del cura, recordaba toda la misa dominical, los oficios sagrados de la Semana Santa, la Asunción, el Maitines de la Navidad, lo sabía todo, absolutamente todo. Y además, amé palabras y frases cuyo significado no conocía, pero me gustaba decirlas, incluso en momentos que no venían a cuento. Cuando comíamos todos juntos al mediodía, susurraba cantando: «Ven y habita en nosotros»; cuando me encontraba con mi abuela, solía repetirle: «En tu beneplácito»; a mis compañeros, cuando discutíamos, entre los insultos habituales, les soltaba: «Por la firmeza de las santas Iglesias de Dios» o «Por la abundancia de los frutos». Estas frases las leía y las recitaba con gran facilidad; alternativamente, usaba el «Señor, ten piedad», «la siempre bienaventurada e inmaculada», «gloria incomprensible» y otras igualmente incomprensibles.

Padre se asombró de lo disciplinado que era en el castigo. Los días de diario, cuando ningún castigo me hacía efecto, su decepción con mi progreso, que él consideraba inexistente, se disparaba a alturas insospechadas, se reciclaba peligrosamente, lo arrastraba, y su incapacidad para corregirme lo llevaba a un callejón sin salida. Normalmente me enviaba a pastar ovejas con Nikos para evitar que me colgara boca abajo de algún gancho, como le había hecho el padre de Kostakis. Kostakis se revolcaba, colgado boca abajo como un cordero, y nosotros lo mirábamos y nos reíamos. Su tía lo descolgó y lo escondió en el pueblo vecino, Kopani, para que su padre no lo azotara.

El pastoreo con Nikos también era un castigo maravilloso. Disfrutaba de la compañía de mi amigo, él incluso me daba algunas caladas de su cigarrillo y pan casero de su madre, que estaba delicioso, aunque lleno de cenizas y todo tipo de basura del sucio saco que llevaba. En la montaña descubrí el horizonte infinito, el azul del cielo y la absoluta calma de la naturaleza; allí empecé a escuchar la brisa y todo el silencio del mundo, a imaginar el mundo más allá de la cima del monte Tomaros.

Me encantaba esa montaña que extendía su sombra sobre el pueblo; su cima era la pista de despegue para mis grandes e interminables viajes.

Muchas veces no volvía a casa al mediodía, y mi madre, la pobre, salía a buscarme. Me lo pasaba de maravilla fuera del aula, lejos de las clases. Todo eran abrazos y palabras tiernas, y a mí me gustaba mucho que, siendo un castigado, fuera puntual y feliz. En esa época empecé a escribir con letras normales, con menos faltas que en los trabajos del colegio, unos versos sobre las ovejas, la vaca de Nikos, los prados, la montaña y Ivonni, que venía al pueblo desde Atenas en las vacaciones. Ivonni era mayor que yo y estudiaba en la escuela secundaria, y un día que jugábamos al escondite me mostró su pecho y me hizo acariciarlo. Ivonni me enseñó otras cosas y me pedía que yo también se las enseñara, y cuando venía al pueblo no podía dormir por las noches; cuando se iba, me ponía melancólico, me quedaba solo y fingía llorar, aunque no tenía lágrimas, como si quisiera engañar a alguna presencia invisible que me observaba.

Escribía cada día un poema para Ivonni, como Kostís Palamás, por eso procuraba no cometer muchos errores. Buscaba casi todas las palabras en la enciclopedia para que estuvieran bien escritas, o le preguntaba a mi madre sobre la ortografía. Algunas palabras las recordaba bien sin buscar y por eso, con la seguridad de que estaban correctas, las repetía en mis escritos hasta la saciedad, incluso con gusto. Por ejemplo, la palabra «impermeable» (para los disléxicos *impremeable*) la repetía en casi todos los poemas, sin importar la época ni el ánimo. Buscando un día, años después, en el sótano, me encontré con algunos de los poemas que le había escrito a Ivonni, eran las pruebas antes de dárselos y antes de buscar las palabras, y casi todos tenían la palabra impermeable.

EL IMPERMEABLE AMARILLO

Tu heres el zol
Parezes un impremeable amariyo
Y llo su sormba.

Es decir:

EL IMPERMEABLE AMARILO

Tú eres el sol
Pareces un impermeable amarillo
Y yo soy su sombra.

Gracias a Ivonni y a los castigos de las mañanas dominicales logré con méritos en la redacción un cinco. En matemáticas, desgraciadamente, no tenía por dónde agarrarme y mis escasos esfuerzos eran inútiles. Con el apoyo de las asignaturas secundarias conseguí sacar la primaria. ¡Incluso con un seis! Fue una nota perfecta. Los míos, especialmente mi madre, insistían en que aprendiera algún oficio, me compadecían porque sufría así, pero padre era inflexible. Por suerte para mí, una suerte inesperada, el año que terminé la primaria desaparecieron, como por arte de magia, los exámenes para pasar a la secundaria.

*

El segundo semestre decidí organizarme mejor en las asignaturas secundarias, en las que tenía «ventaja». Empecé a moverme cada vez más dentro de clase, cada vez con más seguridad, hice uno o dos amigos, pero siempre me pesaba la sensación de inseguridad y mi incapacidad para responder a las exigencias escolares, lo cual afectaba mi comportamiento social. Unas veces me volvía agresivo, otras me sentía asustado y ansioso, y muchas veces pensaba que los demás niños hablaban mal de mí. La verdad es que hablaban, seguro que me consideraban al menos inadaptado, pero a mí me convenía seguir creyendo otra cosa. Aun así, en medio de todo eso, tenía también algunos puntos de referencia estables: mi profesora, la señora Salturidu, el profesor de música y el de técnica. Intentaba tender puentes desde mi mundo resguardado hacia el mundo real, pero no siempre era fácil. Cada pequeño éxito me fortalecía, cada fracaso, y fueron muchos, los muy malditos, deshacía todo el esfuerzo, los puentes se venían abajo, y yo con ellos.

Padre decidió que tenía que ir urgentemente a clases particulares de matemáticas. Y yo fui, pero de nuevo no lo conseguía. En ese tiempo, seguramente era el segundo semestre de primero de secundaria, pasó un milagro, porque mis rezos parecían haber dado resultado. ¡Resolví solo (!) en clase (!) en una prueba un problema de geometría! ¡Lo resolví solo yo! El profesor de matemáticas no lo podía creer y buscó en mi mochila uno a uno mis libros para encontrar alguna prueba de trampa. Encontró un *Pequeño Héroe* (una revista juvenil de la época) y nada más. Estaba seguro de que había copiado de algún lado...

Por suerte nadie más había resuelto el ejercicio. Fue un éxito increíble, inesperado, fue una inspiración del Espíritu Santo, me lo debía, de tantos domingos por la mañana que había pasado en la iglesia. Por un momento, adquirí una gran confianza en mí mismo, enorme, no sé qué pasó ni cómo resolví un ejercicio tan difícil. Mis compañeros estaban seguros de que había hecho una triquiñuela y no lo decía. Aproveché la ocasión y empecé a contarles sobre el gran mago Vacandra, que era mi tío, astronauta y presidente de todos los profesores que enseñaban matemáticas en Canadá. De él había aprendido muchos trucos, pero rara vez los usaba en la escuela porque si se sabía, lo castigarían.

Como a Tucídides, me llamaban un chico perdido que siempre lo sabía todo, y así me quedó el apodo «Tucídides» por un tiempo. Cuando busqué quién era Tucídides, me alegré mucho de que él también tuvo muchas desgracias como yo. Ese éxito en geometría me liberó un poco de las inseguridades que me impedían relacionarme con mis compañeros. Ellos se acercaron primero a mí, lo entendía por cómo me hablaban, por cómo me miraban. Eso me gustó y yo correspondía, aunque por dentro, muy adentro, sabía que pertenecía a otro mundo que, lamentablemente, ni siquiera conocía.

Otro éxito histórico fue cuando la señora Salturidu decidió leer en clase mi redacción sobre el mercado popular. No hizo ningún comentario sobre mis errores ortográficos inconcebibles, sino que se centró solo en lo que escribía, en las bonitas imágenes, en la imaginación y la descripción viva de todo lo que pasa en un mercado popular, donde me había llevado padre, mientras me guiaba cada vez que tenía oportunidad en la nueva ciudad, esperando abrir de alguna forma mis horizontes.

Estos dos hechos fueron grandes victorias para mí. Por supuesto, cuando sucedieron, corrí a contárselos a padre, y él a su vez se apresuró a comprobar que todo lo que le decía era verdad. Seguro que se alegró muchísimo, pero no me lo demostró, para que no me viniera arriba con una gota de éxito en el océano de los fracasos. Pero lo entendí, porque las dos veces compró pasteles de crocante de almendras en la pastelería Internacional, que me encantaban.

Los años estudiantiles fueron únicos. Estaba feliz, lleno de confianza en mí mismo, incansable. Tan activo y sin descanso, que apenas dormía tres o cuatro horas al día. Participaba en comités estudiantiles y actividades extracurriculares que me interesaban, hice amistades increíbles, muchas de las cuales todavía persisten hasta hoy. Mi vida social era intensa y divertida. Fiestas, conciertos, exposiciones, estudio, tabernas, iba a todos lados, desde el cine «Ayax» en el barrio de Saranta Ekklisies, al «Hélisponto» en la calle Angelaki, desde «El séptimo sello» de Bergman hasta la película

«El mirón» con Gusgunis, desde los paseos para cachondearse de los burdeles a en Vardaris, hasta repartiendo folletos políticos en en el barrio Stavrúpoli, y cosas por el estilo...

Después del segundo año empecé a entender qué significaba Biología y ser biólogo, a descubrir los caminos del pensamiento biológico, las posibilidades de combinaciones infinitas, lo esperado y lo imprevisible, la fuerte conexión entre cosas opuestas, la sabiduría de la naturaleza no solo como observador sino como un eslabón de la vida planetaria, la magia de las preguntas y la imaginación de las posibles respuestas, todo era un desafío constante. Empecé a leer sistemáticamente trabajos científicos en inglés, al principio con mucha dificultad, después, cuando aprendí la terminología, con mayor facilidad. El horizonte se abría y yo me abría con él sin miedo, sin ninguna duda, abandoné todos mis refugios, liberado subía el ritmo y el nivel de mis búsquedas.

La realidad y la imaginación no eran las dos caras de la misma moneda, sino que surgían al mismo tiempo y no era necesario moverme de un lugar a otro, estaba en todas partes simultáneamente. El pensamiento científico que lentamente empecé a desarrollar y mi mirada poética que me inquietaba se tocaban, se fortalecían mutuamente, se identificaban por completo. Los profesores que me apreciaban querían retenerme en la universidad, pero a mí no me gustaba el ambiente ni la mentalidad que predominaba. Además, quería viajar, seguir los caminos que había trazado en mis mapas biológicos cuando todavía era niño, no quería comprometerme a la primera que apareciera.

Terminé Biología con una nota muy buena, por poco con matrícula de honor.

Akis Papandonis[*]

El último oso del bosque

EMPRÚ: La última vez que vimos al padre fue en mayo del 95. Había vuelto a casa por unos días, con el uniforme sucio y llevaba un cachorro. Lo llamamos Safet. Jugábamos juntos todo el día. Fue el primer miembro de la familia que perdimos en la guerra. Y eso fue solo el comienzo.

No conocí nunca al padre de verdad; solo había recuerdos dispersos de su ausencia en el pueblo, en las memorias del abuelo y de la abuela, en las heridas que la madre lamía durante años. Ingeniero en la Industria Aeroespacial Griega (EAB), fue despedido en el 78 (poco antes de que naciera yo) porque «estaba en la Liga», y empezaba a buscar la forma de irse. Cuando el Partido intervino para ayudarle a encontrar trabajo en Alemania, él tomó el coche esa misma noche, y condujo desde la Liga en Atenas, y de allí hasta Kiato para anunciarle a la madre que se iba. Y de allí a Patras para dejar el coche a un camarada, para que lo vendiera, y tomar el barco hacia Italia. Y eso fue todo.

Lo recuerdo aparcando el Opel plateado, ya todo abollado, en la bocacalle frente a la casa en el pueblo, y la bocacalle inmediatamente parecía más pequeña.

Lo recuerdo esperando allí, con la ventana del conductor medio bajada, fumando un cigarro 22 Blue suave, bostezando entre las caladas.

Lo recuerdo tirando la colilla al seco canal de riego, allí donde, en los veranos siguientes, Nikos y yo poníamos los barquitos que el abuelo nos hacía con el papel de plata de sus propios cigarrillos 22 Blue.

[*] Premios Literarios Estatales. Premio en la modalidad de Relato y Novela Corta 2024, *El último oso del bosque*, Ediciones *Kijli*, Atenas 2023 (*El último oso del bosque*, pp. 23-28, 118-126)

85

Lo recuerdo esperando a que saliéramos de la casa, con la mano apoyada en el techo del coche. Y su pie jugaba, nervioso, arriba y abajo.

— «Vuestro padre no es un hombre al que le guste esperar», decía la madre.

Y luego lo recuerdo conduciendo: Nikos en el asiento trasero y yo, bebé, en los brazos de la madre, chupando un mechón de su cabello.

Lo recuerdo frenando bruscamente mientras discute con la madre.

Lo recuerdo preguntándole: «¿Por qué te pones así, eh, Eleni?».

Lo recuerdo callando, mientras ella, aferrada a su enojo y nosotros aferrados a ella, golpea la puerta del copiloto con fuerza.

Lo recuerdo mirándonos en silencio mientras nos alejábamos, cruzando el borde de la carretera y atravesando un campo de olivos. Estaba allí, con las manos en el volante, mientras vehículos agrícolas y coches particulares pasaban a gran velocidad junto a él, haciendo que el cristal del conductor retumbara.

Lo recuerdo cerrando los ojos por un momento, su cuerpo pesado y ajeno y preguntándose si volveríamos, si esta sería la última vez que nos veía (en realidad, lo fue) o si las cosas en Alemania serían como él las esperaba.

Lo recuerdo comenzando a irse apresuradamente hacia otro lugar.

Todo lo que recuerdo de mi padre no son más que recuerdos y palabras de otros, que con los años me convencí de que eran propios.

Años después, en el mismo patio, donde, siendo adolescente, ella fumaba a escondidas por las tardes mientras los suyos dormían, en la misma silla desde la cual cada año veía a las mismas personas llegar y marcharse hacia Atenas en coches particulares cargados hasta arriba, mientras tomábamos dos tazas de café, con su cigarro quemándose olvidado en el cenicero, mi madre me dice:

— «Nunca es culpa solo de uno, Nikos... Quería decir, Thodoris. Perdona, hijo mío».

Y enseguida (como si temiera que yo le respondiera) se levanta y, descalza, como siempre en verano, comienza a regar el patio, sujetando con una mano la manguera y con la otra el borde de su vestido para no mojarse.

ACCIÓN I

EDIN: Mis hermanos, Ramo y Nermin, fueron encontrados en la fosa común en el estadio. Lo que quedó de mi padre fue hallado en dos tumbas en puntos diametralmente opuestos de la ciudad. Lo reconocimos por los zapatos y por el reloj que llevaba desde su boda. Y nosotros, los que nos salvamos, siempre a medias.

Estoy sentado frente al ordenador y busco en Google: Bosnia y Herzegovina Srebrenica (no sé si el acento recae sobre la «i»). 3.948 resultados, 0,48 segundos de búsqueda. Abro uno de los enlaces y leo: «Bosnia y Herzegovina. Dos nombres, un estado, dos entidades, tres nacionalidades y varias minorías, diez cantones, once banderas». Siento que no me importa tanto. Apago el ordenador, abro uno de los álbumes de mi madre. Dentro, nuestras fotos de infancia, en la portada, pájaros bordados. Las fundas de plástico en la mayoría de las páginas arrugadas en las esquinas.

Nikos y Thodoris de bebés, juntos en la misma cuna verde.

Nikos y Thodoris fuera de la guardería con pantalones cortos.

Nikos y Thodoris bajo la Puerta de los Leones en Micenas, con el sol en la cara.

Nikos y Thodoris con bañador en la playa de Kiato, dos cabezas de diferencia.

Nikos y Thodoris en la misma playa, un par de años después; el más pequeño lleva un bañador viejo del mayor, descolorido por la sal y el sol de tantos veranos.

Nikos y Thodoris agachados sobre una tortuga en el jardín.

Nikos y Thodoris, Navidad en Atenas, abren sus regalos: dos caseteras.

Nikos y Thodoris leen Lucky Luke en la terraza.

Nikiforos y Thodoris junto a la lista de aprobados del Lower en la academia, ya con la misma altura.

De las fotos falta la madre (que se encarga de la función de fotógrafa), también falta el padre («Vuestro padre, antes de que nacierais, ya faltaba», palabras de la madre).

Vuelvo a abrir el ordenador; busco en Google: Bosnia y Herzegovina GVG (Grupo de Voluntarios Griegos). 662 resultados, 0,53 segundos de búsqueda. Hago clic en «Imágenes», se abre ante mí una sábana. Temo hacer clic en alguna, no sea que, al ampliarla, vea el rostro de Nikiforos.

Busco en Google: Lukas GVG Bosnia. 377 resultados, 0,33 segundos de búsqueda. En los videos relacionados de YouTube hay uno de un evento de la Liga en un hotel del norte de Grecia: noviembre del 97; en el atril, un hombre rubio, alto, guapo, con una medalla en el pecho, lee de una hoja de papel. La calidad del vídeo es mala, el sonido está bien.

Queridos amigos y compañeros de lucha:

Me encuentro aquí no como individuo, sino como representante de los miembros de la Liga Popular que lucharon voluntariamente al lado de nuestros hermanos serbios en Bosnia. Nosotros, los nacionalistas griegos que fortalecimos al ejército serbio-bosnio, luchamos por una Europa de la raza blanca, por una Europa de las Naciones, por una Europa nacionalista del mañana, contra los sionistas judíos, los capitalistas masones y sus oscuros planes. Luchamos contra los enemigos de la Ortodoxia, contra los enemigos del helenismo. El enemigo de mi enemigo es mi amigo. Nosotros, que luchamos en las inhóspitas montañas de la Serbia occidental, aprendimos de primera mano que la historia se escribe con sangre, que las naciones que desean seguir existiendo deben luchar, que la única justicia es la espada. Europa pertenece a los cristianos blancos. Verdades que nosotros, como nacionalistas, conocemos bien. Y a vosotros, queridos amigos, que vinisteis esta noche desde todo el norte de Grecia para honrarnos con vuestra presencia, nosotros, los voluntarios griegos en el frente de Bosnia, porque Bosnia no es más que uno de los muchos frentes en la guerra más amplia que hemos decidido librar, os damos nuestra palabra de que…

Bostezo, lo pauso. Pienso en buscar también el nombre del padre. Dudo, apago el ordenador.

EMIL: Comenzaron los disparos, oíamos cristales romperse, personas gritar y llorar. Sin embargo, no veíamos. Nuestro padre nos había llevado a los dos en brazos. En algún momento, se le hizo pesado, como si se hubiera rendido. En ese momento comprendí que estábamos en guerra.

El 2004 me encuentra a mí (otro año más) en la misma casa con la madre y Nikos en la celda. Los Juegos Olímpicos han tomado la ciudad. Me he registrado como voluntario para el atletismo en el Estadio Olímpico de Atenas, pero me ponen en el torneo de esgrima en el antiguo Aeropuerto de Hellinikon. Está cerca de casa, pero este deporte me es indiferente. Durante una semana me pongo cada mañana mi uniforme y me presento como si fuera un soldado en servicio (en 2001 pedí una prórroga del servicio militar por la artillería para hacer mi doctorado en el Demócrito, el cual abandoné rápidamente; Nikos se había quejado de mi decisión: «Allí te convertirás en hombre, chico, no en las universidades y en los institutos»).

En el torneo conozco a Ioanna, también voluntaria. Salimos a tomar algo, luego me lleva a ver una película, sueca o quizás danesa, en un pequeño cine del centro. Nos sentamos al fondo, la sala casi vacía. La postura de su cuerpo junto al mío, sus manos sobre mí, señales de que le gusto. La película está llena de escenas con niños caminando por la calle, sosteniendo a sus padres de la mano. Pero las cabezas de los padres siempre están fuera de plano.

— «Intencionadamente cortados», me susurra Ioanna.

Observo cautivado. En lugar de esos niños, me veo a mí; en el lugar del padre decapitado, veo al mío. No hago ningún esfuerzo por besarla. Cuando la película termina, me dice: «Estoy bien para volver a casa sola» y no intento convencerla.

Caminando por la calle Akademias, hacia la parada del A4, pienso que no me gusta tanto Ioanna.

Pienso que, con el tiempo, también salieron del plano la cabeza rapada de Nikos y la cabeza despeinada de mi madre.

Pienso que, en cuanto llegue a casa, me tiraré directo a dormir.

Evito las visitas; solo fui dos veces el primer mes y luego nada. Simplemente no puedo. Mi madre va cada semana, pero normalmente Nikos la evita. En algún momento se pone en contacto conmigo el abogado de la Liga. Me explica que han apelado y están esperando que se resuelva. Me da un número de móvil al que puedo enviarle mensajes, «mejor en horas nocturnas» (me pide que no lo comparta con mi madre «bajo ningún concepto»). Dudo en enviar un mensaje, tengo miedo de que él también me envíe uno y tenga que responder.

Por un tiempo, nada. Luego respondo a un «Chico, ¿cómo estás?». Otra noche hablamos sobre cómo me despidieron del trabajo anterior y busco otro. Sobre si tengo novia. De vez en cuando recibo mensajes suyos que no puedo descifrar; pienso que los habrá enviado por error. No me atrevo (ni quiero) preguntarle cómo se está en la cárcel. En algún momento discutimos:

Sábado, 28 de agosto de 2004, 23:04
¿TODO BIEN, CHICO?
Sábado, 28 de agosto de 2004, 23:24
¿YA TERMINASTE CON LAS OLIMPIADAS? ¿VAS A IR A LA CEREMONIA DE CLAUSURA?
Sábado, 28 de agosto de 2004, 23:51
TODO OK
AL FIN, SÍ. LA VEREMOS EN LA TELE
Domingo, 29 de agosto de 2004, 00:02
¿NO ME VAS A PREGUNTAR CÓMO ESTOY?
Domingo, 29 de agosto de 2004, 00:21
NO QUIERO, NIKOS
Domingo, 29 de agosto de 2004, 00:22
¿EN SERIO TE DA IGUAL?
Domingo, 29 de agosto de 2004, 00:40
SIMPLEMENTE NO PUEDO

Domingo, 29 de agosto de 2004, 00:45
LLEVO UN AÑO AQUÍ Y TE DA IGUAL
TÚ Y TODOS LOS DEMÁS PASÁIS DE MI
Domingo, 29 de agosto de 2004, 00:59
AHORA NO ES EL MOMENTO. DÉJALO
Domingo, 29 de agosto de 2004, 01:01
HICE TODO POR TI. PARA QUE TU FUTURO SEA MEJOR
NI UNA VEZ VINISTE A LA VISITA A DECIR "HERMANO, AQUÍ
ESTOY YO"
Domingo, 29 de agosto de 2004, 01:03
NI UNA VEZ, IMBÉCIL, YO QUE LO HE DADO TODO POR TI
Domingo, 29 de agosto de 2004, 03:16
TODOS ME VENDISTEIS
Domingo, 29 de agosto de 2004, 03:17
VENDISTEIS MI AMOR

Veo la ceremonia de clausura en casa, junto con mi madre. Hemos colocado la televisión en la abertura de la puerta del balcón, nos sentamos en dos sillas de plástico desgastadas que subimos desde el piso de abajo. Tenemos el volumen bajo, porque todos los demás balcones alrededor están poniendo la ceremonia a todo volumen. Escuchamos las canciones dobladas y triplicadas, los fuegos artificiales lo mismo. En cuanto aparece un Datsun cargado de sandías en la toma, nos miramos con mi madre. Yo estallo de risa, ella se emociona.

— «Es igualito al del abuelo, ¿eh?», dice.

La niñita en la pantalla sopla y apaga la llama, el vecindario se ahoga en aplausos. Mi móvil en la mesilla. Un mensaje. Es Tania. ¿Tantos años después? Dice hola (¡con exclamación!), pregunta si he planeado algo para esta noche, «aparte de la estúpida ceremonia de clausura». Respondo que no. Viene a buscarme con su coche, pronto acabamos en su casa. Desnudos en el sofá, uno empapado en el sudor del otro, nos quedamos dormidos.

Por la mañana me despierta con la sonrisa que recordaba de nuestras primeras vacaciones. Revisé mi móvil; tengo un mensaje de mamá («¿Vas a regresar esta noche o debo cerrar la puerta?»), uno de Nikos:

Lunes, 30 de agosto de 2004, 05:04
SE ACABÓ. VOY PASO A PASO HACIA LA NADA. NUNCA MÁS

Cuando Tania me deja frente a casa, el director de las cárceles ya ha avisado al abogado y él ya ha llamado a mi madre. Nuestro salón me recuerda a las horas después del terremoto del 99.

Poesía

Jaris Vavlianós[*]

Autorretrato del blanco

Amor rojo y jugoso

Una manzana junto a una jarra
es una «naturaleza muerta» más
que espera pacientemente
el pincel de un pintor experto
para cobrar vida sobre su lienzo.
Pero una manzana en la boca de tu amada
es *"an entirely different story"*,
como diría también Pater.
Cuando ves sus dientes afilados
clavarse con fuerza en su cuerpo liso y brillante
y luego su lengua limpiar
lenta, circularmente, sus labios,
aún húmedos por el voraz contacto,
haces lo que el momento exige:
con un movimiento relámpago se la arrebatas de la boca
y la hundes con violencia en la tuya,
para devolverle segundos después
la mitad.
¿No es eso el amor?
¿No son esos sus signos?

---

[*] Premios Literarios Estatales. Premio en la modalidad de Poesía 2019, *Autorretrato del blanco,* Ediciones *Pataki,* Atenas 2018 (pp. 25, 42, 63, 74, 122)

Idilio cicládico

Baja la mirada.
Cuando la belleza
irrumpe con tanto ímpetu en tu vida
puede llegar a destruirte.
Las dos hormigas
que ahora corren apresuradas
junto a tus pies desnudos
entierran sus sueños de verano
profundo en la tierra.
La carga que llevan
no va a aplastarlas.
Han calculado bien sus fuerzas.
Tu sombra se borra dentro de la sombra del árbol.
Negro sobre negro.
Culpa que debe permanecer en la oscuridad
para seguir definiéndote.
Pero el fulgor de esos fragmentos
aún puede sostenerte.
No necesitas adjetivos.
Ni evasivas vacías.
Cada pregunta es un deseo.
Cada respuesta (ya lo sabes) una pérdida.
Quédate donde estás.
En un momento, te adelantará.
Las nubes no preguntan adónde.
Simplemente siguen su camino.

Otro poema de la naturaleza

La verdad
es una manzana dura:
o la comes con voracidad
(sin importarte la mirada crítica de los presentes),
o la lanzas con fuerza
al campo de al lado.
Por lo tanto, la frase
«te amo, a pesar de»
no puede ayudarte
en la coyuntura actual.
Si sigues mascullando con obsesión
la palabra amor
es porque la historia
necesita avanzar,
no para llegar, claro, a algún final
(¿qué final exactamente?),
sino para justificar
el propio proceso de escribir.
Después de todo, el héroe
siempre muere en el poema
de otro. Sabes a quién me refiero.
Así que no te preocupes;
sigue comiéndote tu manzana
mientras le agarras fuerte la mano.
Una súplica: por favor, no escupas
las semillas sobre mis zapatos.
Son de gamuza y se manchan con facilidad.

Pregunta equivocada

Ahora que lo releo
creo que hice bien en abandonarlo en la primera estrofa,
justo en el punto donde la pareja,
agotada por el intercambio de profundos disparos
(tener algo porque lo deseas
es distinto de desear algo porque lo tienes;
es más fácil fingir que hay obstáculos
que fingir que hay pasión)
decide dormir en habitaciones separadas.
Después de todo, otra noche sin sexo
(¿cuántos meses dijiste?)
no significa el fin del mundo;
en cualquier momento empieza la segunda ronda,
y todo seguirá su curso predecible,
hasta que la «atracción inédita»
se convierta de nuevo en «aburrimiento insoportable».
La cuestión es esta:
¿de verdad crees que si pones a la mujer a hacer pilates
y al hombre a practicar vela,
podrás pasar al siguiente pequeño drama?
El cuerpo, en efecto, necesita ciertos cuidados,
sobre todo ahora que apareció la curva del camino
y el valle al fondo parece desnudo,
pero basta una nueva sensación de vigor
para que tus protagonistas
engañen a la astuta Naturaleza, que mientras ellos
sueñan con un espléndido nuevo comienzo
(tantos hombres me desean en el gimnasio,

incontables mujeres están listas para perderse en mis manos ex-
pertas)
ella trama el siguiente desmentir.
Pero el despertador ha empezado a sonar de nuevo,
es hora de levantar a los niños,
el autobús escolar pasa en cuarenta minutos,
tienen que desayunar, lavarse los dientes,
ponerse guantes y bufanda,
y luego:
— Buenos días, ¿cómo dormiste?
— Fatal, tuve pesadillas toda la noche.
— ¿Te preparo un poco de café? Te va a espabilar.
— Ya no tomo café, ¿lo has olvidado?

Goethe a Werther

Al estilo de Murphy

Y las nueve
me visitaban cada noche,
poco después de la cena,
pero yo las despreciaba,
ni una palabra cruzaba con ellas.
Deseaba solo a aquella:
su cuerpo insaciable,
sus besos lascivos.
Pero de pronto, sin razón, me abandonó.
Luego, también ellas.
Busqué un cuchillo,
un pedazo de cuerda,
para poner fin al tormento,
pero me salvó el hastío.
El hastío, querido mío, la madre de las Musas.

Giannis Antioju[*]

Este, el cielo inferior

La muerte de Narciso

> I will show you his bloody cloth and limbs
> And the gray shadow on his lips.
> T.S. Eliot, The Death of Saint Narcissus

En los últimos meses
en mi oscuro cuarto
me arrodillo ante un lago de lágrimas
intentando reflejarme;
me inclino, me pliego
suplicante de un reflejo
que ya no recuerdo.
Pero no digo la verdad
y la mentira me envejece;
puede que no te vea
pero siento
tu molde húmedo,
tu cabello empapado,
tus lágrimas,
de cuando estábamos solo nosotros dos
y el día no acababa
y la noche no acababa
masticando el pudor de la juventud,
doliendo en cada mordida,

[*] Premios Literarios Estatales. Premio en la modalidad de Poesía 2020, *Este, el cielo inferior,* Ediciones *Ikaros*, Atenas 2019 (pp. 18-20, 24, 33-34, 44, 74-76)

llenando el lienzo de claroscuro.
Nadie se imagina
cuánta luz
había al principio
en mi oscuro cuarto;
cuán duro era
tu corcel de hierro.
Viviendo tanto tiempo separados
aprendimos a hundirnos sin límites
en el espejo de la misma noche;
entre pequeñas alas,
mordidas,
moretones
y llagas;
mamando una mínima libertad
que no habíamos previsto
en esta inmortalidad.
Casi me he inclinado sobre ti;
tu cabello
es oscuro y brillante;
agujas, los dedos de la noche,
cosen en nuestros ojos
el silencio ensordecedor
de un coito sombrío,
de modo que nadie ve jamás
cómo, justo antes de ahogarme,
estoy plegado,
suplicándote, Caravaggio,
que talles en tu lienzo negro
una puerta con la uña
para poder salir
y llamarte Dios,
porque me salvaste.

Guerra

En la ciudad narcotizada
si me ves al anochecer
llorar encorvado
bajo la pálida luz de mi cuarto,
no creas que rezo
ni que sufro.
Es que tus alas me desgarran
y la noche me alza,
chillando,
por encima de las viejas torres
y los castillos en ruinas de Alemania,
buscando tu sombra.
No es que te haya perdido,
sino que en el gran reloj de Leipzig
se ha oxidado el minutero
y ya no da la medianoche.
En tanta quietud,
Bach ató a nuestro Dios
a una roca del Purgatorio.
En tanta noche,
solo la nieve brilla,
blanqueando los oídos del diablo.
¡Qué dulce melodía,
los martillos de los hombres!
Au revoir ici, n'importe où[1]

---

[1] «Adiós aquí, en cualquier lugar». A Arthur Rimbaud*Iluminaciones*, traducción de Alexis Aslánoglu, Editorial Iridanos, Atenas 1981, p. 131.

Serpiente blanca

Cada noche
una serpiente blanca
enroscada en mi pierna izquierda
apoya su cabeza
sobre mi corazón
y lo hiela.
Despierto sin una gota de saliva.
Tus manos me han escarbado.
Mis labios,
tinta oscura de asfixia,
te besan y te escriben.
¡Qué convulsión en tu abrazo!
En la noche
quemaré las sábanas
con las ramas y flores
que te ocultan.
Quemaré la cama,
la casa
y el cuarto
para que ardas;
para verte, serpiente blanca,
salir de tu escondite,
enroscarte en mí,
y besarme
encendiendo las estrellas.

Nachts

De noche
nos sosegamos dentro del fuego;
nuestras bocas incandescentes
hicieron sangrar la oscuridad.
Desde la mañana,
los pájaros no vuelan
y las vigas del techo
se encogen y crujen.
¿Cómo se ha encogido el cuarto?
Me he recostado sobre ti
y me entristece
no saber
tu nombre.

Giannis Antioju

Calcante está enamorado

Así pues, yo te lo diré, pues tu prométeme y júrame
que bien dispuesto hacia mí, me defenderás con palabras y hechos,
pues ciertamente, creo que voy a encolerizar a quien domina con gran
fuerza a todos los argivos y al que obedecen los aqueos.

Ilíada, I 76-79

Ya sé
que me amas
aunque me doblegue la noche
y mi tristeza
y eso que me da,
¡eso! Cuando a veces, al inclinarme desnudo para besarte,
me importa más un grupo de ocho pequeños gorriones y el
grito de su madre[2] y te dejo sola.
Aquel que fui amaba las señales de los dioses,
la gran serpiente de lomo rojo; los días que
vivimos y tu llanto, cuando te oyó arrancarte de
dentro un árbol enorme, el árbol del otro.
Te abrazo y me dices raíces, son raíces, y tiene
sentido, porque tienes las uñas sucias y el cuerpo
arqueado. Tú, mi suplicante.
Este amor nuestro, un acto de desesperación, une en la
noche nuestro silencio.
A veces, aún no entiendo cómo te deslizas
en mis sueños pedregosos, junto a los pájaros. Un
lugar oscuro de vigilia. Me lames rompiendo la

---

[2] Homero, Ilíada, 2, 308-329.

106

Gran Montaña y se oyen crujidos de todo tipo al cruzar
el reptil, su lomo rojo, un amanecer junto al borde del mar
nos (a)mansa y nosotros:

Dos minúsculas

estrellas

parpadeando.

Aquel que fui hizo crecer la barba roja de la eternidad,
encendió la caliza en los altos hornos, elevando las
ciudades de los hombres, pero ya ha ocurrido lo
peor: Dios está muerto y la serpiente, el petrificado
altar de una Ifigenia.

En tanto calor se resquebraja la pétrea Áulide[3]:
brota el nuevo bosque. Una argéntea polinización de
memoria superpuesta, y nuestro amor, que regresa. Se
alzó un viento del este en el puerto de Vathí.

¡Mira! Flamea el largo cabello de los aqueos.

Me amas,

me miras de frente

mientras te desnudo

y te hago sangrar

en los senderos

de este poema.

(t) **ú**

ciervo

de (mi) sacrificio

---

[3] Homero, Ilíada, 2, 496.

Ilektra Lazar[*]

Santos inocentes

Regreso a la casa paterna

Volvió a oler a eucalipto quemado sobre la piel Brilló una prenda tirada en el patio interior Ruido en la planta baja habló Se quedó un muro acribillado de tablas Brotó, sin embargo, geranio en el balcón en voz baja Se apagó de nuevo un paso esquizofrénico Silenció la habitación la vara Existió durante siglos el juego del ahorcado Una mano se quedó atrapada otra vez en las bisagras Debajo del fregadero se oyó la tristeza Se rajó una tormenta senil Sopló de nuevo malamente desde la losa húmeda Sobró un iconostasio profanado Se dobló y así siempre quedará a sangre fría un perro con la horquilla en los ojos para perseguirte.

[*] Premios Literarios Estatales. Premio en la modalidad de Autor Debutante 2020, *Santos inocentes,* Ediciones *Áparsis*, Atenas 2019 (pp. 11, 20-21, 25, 33, 41)

El legatario

Aquí solo de vida y muerte,
tocón sagrado, extraño —quién está ahí
¿quién, tras la irreconocible luz arrojado
Ave nocturna no será ,
no será el vecino,
ningún gran milagro.
No es nieve del monte horadado,
raíces y pelos de moribundos.
Pero quién detrás de mí cerrada terraza,
y en lugar de manos, rojas de ladrón de ganado y asesino,
tiene los agujeros de la vejez
Y quién no es aldea en ruinas
Y quién se ha sacudido encima el llano entero y todas
sus trenzas
Profundo invierno del diablo, color caqui,
pólvora y peste el chivato,
y ni él me visitó esta noche.
Sueño de cólera no parece.
Cajas negras, campanas nunca corrió a fundirlas
en secreto su madre entre ropas de luto.
En verdad qué, vendaje pálido,
quién con sonidos quebrados en la boca
huele a tumba de contrato
y lleva en sus ojos ojos de vida impía,
y no el infierno del verdugo bajo los plátanos
Quiero decir a sus manos nada,
salvo un reloj.
No gotean los bolsillos de sangre.

ladrón nocturno No será.
Su carretilla arrastra la primera
y última invalidez,
y no las cabezas de hojalata de una libra.
Él cuelga en el acto,
cuelga de su propio verano,
al menos con un botín para salvar a sus hijos,
además con un puñado de tierra para construir sosiego.
Y Quién para ser tú tan difuso
Y Quién para que nadie te llame señor,
y no te ungió nadie
Eres aquel antiguo hombre, ya
fuera de la historia.
Eres aquel antiguo hombre
que murió estando muerto.
Eres aquel antiguo hombre...
Eres tú, padre

Santos inocentes

Nos quebrantaremos en la luz,
nos despegaremos de la blanda corteza.
Duros como una hoz principiantes,
no solo monjes,
sino también monstruos alcohólicos,
monstruos sin casar.
Nos extenderemos
con nuestros tontos y limitados días,
sin motivo alguno,
en el espacio de la felicidad absoluta.
Y saldremos de allí,
del incienso y los imágenes de santos,
de las cerradas, tapiadas puertas,
con nuestras torcidas miradas
y la desconfianza.
Con una oscuridad encima
hecha de años,
y en el cuello temblando
pequeños crucifijos de oro.
Y de un lado nuestra fina sonrisa de hueso,
y del otro, cuchillos blancos, no casados.
No solo nosotros, sin pudor,
como un conjuro malgastado,
no solo atracción, afirmación y temores,
sino también vosotros, que deambuláis
contentos por nuestra microvida.
Y nosotros, hasta nuestro final,
y hasta que nos echen el cerrojo,
seguiremos rondando
como avispones hambrientos.

En los suburbios

Inalámbrica aquí la tierra
Medias vidas la gente
Un lamento las tardes
Países cerrados los bancos
De mármol los pájaros
Terror nocturno las encinas
Ventanas las sombras
Eterna tristeza los gatos
Mordiscos las pilas
Arreglada la desgracia
Y muerte la muerte

Promesa

Mis años de infancia fueron adultos,
fueron una espera,
un «espera» en una plaza con una navaja en el bolsillo [...]
~ *M. Athanasíu, HERMANO TRAVMA DELTA*

Nada de terrenos ni hectáreas,
casas en Korydallos
y edificios en Santa Bárbara.
Si no ahogas al bebé
en una negra línea del sueño,
y todos los llantos no se vuelven gemidos,
mi mano será larga, un garfio la haré.
Carne ancestral,
tierra lunática,
y andará con fulanas
y jeringas en las paredes.
Cada fiesta y domingo,
un trenecito destrozado en la plaza,
en las escalinatas afuera de la catedral venderá,
Por de la noche vomitará
la escuela de la mañana.
Vendrán amigos sombríos
con uñas de hierro,
y vuestra pobre vida rasgada
en pedazos noche tras noche.
Yo de los que tienen muchos hijos no tomo naranjas.

Dionisis Kapsalis[1]

Apuntes sobre la música del mundo

Por un momento

No sound is dissonant which tells of Life
S. T. COLERIDGE, *"This Lime-Tree Bower my Prison"*

Volví a estar en un balcón,
solo, con las imágenes de mi mente,
pensando en el tiempo que pasa;
puede que estuviera bajo un álamo,
un tilo frondoso que extiende
sus ramas en bóveda para sentarme,
cuando se hayan marchado mis amigos
y yo no pueda seguirlos
por el camino del gran regreso
ni hacia la vasta calma al aire libre;
y quizá anochecía poco a poco
allí donde habría quedado olvidado,
y de pronto alzaría la vista
y sobre mí vería navegar
lento en su misión secreta
la iluminada flota celestial.
Volví a estar en un balcón,
solo, en una hora de descanso o de pena,

[1] Premios Literarios Estatales. Premio en la modalidad de Poesía 2021, *Apuntes sobre la música del mundo,* Ediciones *Ágra,* Atenas 2020 (pp. 9-10, 13-14, 17-18, 31-33, 43-48)

en la postura que te encuentra y no tienes
respuesta a la pregunta del mundo.

Y ese *por un momento* de nuestra vida,
que roza en los sueños y deja
pequeños destellos de eternidad,
¿cómo sería acaso su sonido,
que se pierde en el estruendo del tiempo
sin que puedas oírlo? ¿Sería como
la tristeza en el *Baltasar* de Bresson,
el Andantino de la vigésima
sonata en La mayor de Schubert,
el lamento de Dido de Henry Purcell,
las Lágrimas de Jacqueline de Offenbach,
o el *Petite fleur* de Sidney Bechet?
¿Sería el Erbarme dich de Bach, el Molto
Adagio de Beethoven, la sonata
opus ciento once para piano,
la Elegía de Fauré o un simple
preludio de Chopin? ¿Cómo sería
la música de la mortalidad, si hubieras
aprendido a escucharla bajo el estrépito
de la vida inarticulada que termina?

Volví a estar en un balcón
pensando en el tiempo que pasa,
mientras la noche a mi alrededor se adensa
y todo lo hilan las estrellas que bordan
el laborioso tapiz musical del mundo.

Salva veritate

Todo lo que sé se ha vuelto extraño,
como si ya no tuviera nombre, y todos
las personas queridas han quedado
como figuras mudas que contemplan
como desde una tenue pantalla,
ni alegría ni tristeza conocen,
ni esperan nada, solo permanecen
ahí, en una tregua empañada
con alguien que siento que acecha
casi indiferente detrás de la luz;
y solo él parece no tener rostro
ni máscara alguna, tiene solo
una voz, una ronquera ventrílocua,
como alguien que lleva años sin hablar
y se aclara la garganta; cuando
hable, tendrá mi propio rostro:
un feliz reemplazo mío,
para que se salve la verdad, solo entonces.

Lo preparan para la luz durante años,
para esa hora de su ascenso
que sale de las sombras, y lo visten
con la pesada túnica, las sandalias,
joyas, emblemas y títulos:
una ceremonia preestablecida,
para que yo también pueda quedarme
en el mismo sitio, el cómico doble,
dicho de otro modo, de mi yo entronizado,

en un papel nuevo, hasta el final.
Y digo: podría haber sido
esto o lo otro, podría
haber viajado, haber visto
otros lugares y gentes, otras ciudades,
otros amores podrían haberme conmovido
años en lejanas búsquedas,
un caballero errante
valiente movido por el corazón.
Y luego, tras haber regresado,
como en un viejo *view master* miraría
estereoscópicamente a mi yo:
una sucesión de imágenes mudas
de mi Arcadia interior
detenidas en su mito frío,
que se ensamblan, como por arte de magia,
en una historia sentimental
con trama trágica y final feliz.

¿Y la verdad? ¿Qué es eso que se salva,
si vale para él lo mismo que para mí,
aquí o en condiciones de otro mundo,
con mi brillante reemplazo?
Nada, solo una pequeña mancha
como óxido oscuro justo en el lugar
de mi transfiguración o de mi sacrificio.
¿Qué queda tras hablar, mi semejante?
De todo ese bello sentido
que albergaba el silencio, ¿qué queda?
Nada, solo esta música
que suena como si alguien hubiera corrido
el velo de un mundo lejano:

veo al flautista eterno,
pastor de las cosas extrañas,
con dedos hábiles en los orificios
tejiendo un canto fúnebre lidio
en el contrapunto lluvioso de la noche,
y detrás de él desfilar en procesión
las figuras mudas y alejarse,
perderse en el umbral del mundo.

Epitafio

Arioso dolente

A veces el silencio se condensa,
un núcleo denso, un coágulo
como de luz, en la oscuridad más honda,
listo para estallar; y si escuchas
que la noche se atenúa y trae
la música del mundo desde lejos
(como el mar lleva a una habitación insomne
la frescura de la mañana),
piensa también en aquellos que fueron como tú,
hechos de fragmentos de sueños
y que desaparecieron antes del amanecer.

A veces el silencio se condensa,
una impresión azulada, un resplandor,
ahí donde creías que no amanecería;
y esa luz que te da la bienvenida
tan alto sobre la oscuridad,
si ves que intercede con bondad,
y si te inclinas sobre sus pequeñas celdas
y bebes del rocío del amor,
recuerda a quienes fueron como tú,
hechos de adoración efímera
y que no hallarán el camino hacia el día.

A veces a veces el silencio se condensa,
una onda profunda, una nueva
vibración del mundo, una curva
inesperada allí donde se encuentran

la luz y el lamento de la carne;
y si llega un nuevo dolor y te alcanza,
y el día, sin aliento, empieza a bordar
nocturnidades sobre su tierna piel ,
piensa en aquellos que fueron como tú,
hechos de la espuma de los días
y que jamás despertarán del fondo.

Omnes generationes

Estas no se apagan como las otras,
que las absorben los muebles
en sus marcos plateados,
o sin marco mueren lentamente
en los álbumes familiares,
una letanía de alegrías y penas:
bodas, bautizos, celebraciones, y aquellas
inaplazables de los paritorios,
mudos monumentos de una agitación
hecha de celofán rasgado, mientras
manos de parientes colocan
un ramo en un jarrón improvisado.
Y así, abandonadas o dispuestas
en un rincón visible, se vuelven
altares domésticos que con los años
se hunden en el fondo de nuestra vida
con sentimientos no devueltos, y sólo
a veces pueden sorprendernos,
con algo que recuerda a sentido,
la mirada vacía de alguien distraído
en la luz opaca; y otras veces
manos suplicantes despegarán
la membrana transparente para acercar
a la mirado un rostro ya borrado,
una nota al dorso, una fecha.
Y todas, en color o en blanco y negro,
quizá queriendo ser olvidadas,
no insisten en su juventud,

sino que te compadecen y se desvanecen,
dicen: *mira, también nosotras envejecimos.*

Pero aquellas que brillan en el cristal
de los ordenadores no palidecen:
se almacenan para siempre
en la torpe memoria del mundo,
inmateriales y atemporales, y cumplen
una simulación de inmortalidad
que engaña por poco, mientras dura
ese insignificante baile de la carne,
los dedos que ordenan las teclas,
y el polvo en las alas de una mariposa.

Aquí, en la nueva pantalla de nuestra vida,
fotos antiguas no hay:
nadie viene, nadie se va,
ni enferma ni se convalece;
en su brillante superficie
el tiempo fluye como anestesia,
y avanzamos, muertos y vivos,
en una eternidad de muerte.

Luciérnagas

Nel tempo che colui che il mondo schiara
la faccia sua a noi tien meno ascosa
INFERNO XXVI, 26-27

¿Cómo me acordé de ellas? Aquel verano
iba a morir mi madre, y más tarde
el hijo de Pandelís. Era junio,
el mes dulce de los días lentos y largos
y las noches cortas, los días más largos del año y las noches
más cortas, y tal vez las más compasivas,
al menos hasta entonces. Al caer la noche,
y la casita de piedra allá en la orilla
del pueblo de montaña respiraba abierta
a los prodigios de la noche y nadie tenía
ya nada que esconder, y cuando caía
fresca la primera y leve oscuridad,

como por alguna pasión tierna la noche,
o una discreta respuesta suya,
al dolor que aún no era del todo dolor,
se deshacía en muchas pequeñas luciérnagas:
miles pequeñas luciérnagas como velitas,
que celebraban, quién sabe qué, un olvido,
una compasión hecha de grandes y pequeñas penas,
y parpadeaban con su resplandor intermitente,
un pequeño cielo invertido,
y se mecían unas con otras
como si se hablaran en silencio,

o como si vieras desde lo alto encenderse
(desde los lugares del silencio adonde
no llega sonido alegre ni voz humana)
las velas de Pascua, unos a otros,
allá afuera, en el campo, en la noche de Resurrección.

¿Quién las encendió todas y luego las apagó,
velitas de una efímera inmortalidad,
en la que iba a ser mi última fiesta bajo el cielo estrellado?
¿Y qué pregunto y a quién pregunto cuando pregunto?,
¿quién responde, quién puede oír
lo que decían mil luciérnagas mudas,
aquel verano en que iba a morir
mi madre y luego el hijo de Pandelís,
y eran los días más largos de junio,
y la noche parió pequeñas luciérnagas?

Spiros Gulas[*]

Las viejas ropas las ponen de buenas

Pressure Love

Te amo
te amo desmesuradamente,
hasta la infinita profundidad,
allí donde no alcanzan los submarinos
y solo viven peces deformes
con mandíbulas enormes
y luces hipnóticas clavadas en la frente.
Te amo,
te amo en línea recta,
como la trayectoria inevitable
de una bengala consumada
y como los tensos dedos
al dar una bofetada.
Te amo,
te amo de forma totalmente improvisada,
con lo que sobra y está a mano,
en el mínimo instante
antes de que la puerta se cierre,
me alcanza el tiempo
para amarte.
Te amo,

[*] Premios Literarios Estatales. Premio en la modalidad de Autor Debutante 2021, *Las viejas ropas las ponen de buenas,* Ediciones *Polis*, Atenas 2020 (pp. 31-32, 35, 36, 42)

te amo como se rasga una costura
y se deshilacha una blusa
en el desgaste de las cosas,
en el deterioro de los cuerpos,
así como yo mismo me consumo y termino,
te amo.
Con mandíbulas enormes,
en el poco tiempo
que tengo.

Y en la mano un vaso de leche

A tu derecha,
con halo verde.
Foto de perfil, algo ingenioso
entre otros perfiles
que también intentan ser ingeniosos
e interesantes.
Hay muchos así.
Antes nos reaccionábamos el uno al otro,
ahora me acojona darte un toque.
La foto cambia a veces.
Yo todavía te *stalkeo*.
Te teñiste el pelo,
selfi con el gato,
con amigos, en ese local al que fuimos juntos.
Post tras *post*,
se abren las costuras
y nos sangro
desde el principio.
Vuelvo a deslizar.

Detonaalgo

Doblo los filos en esperanzas difusas,
cuchillas aladas,
para trazar de nuevo
el presente del mango,
que me sujeta a la tierra,
atado,
para contar los peldaños
desde el abrazo del vacío
hasta el alféizar.
Me voy,
me abro,
me marcho.

No es impermeable
pero cumple su función

Te doblé un barquito,
de papel, torcido, pequeño,
tuyo.
No te burles.
Cinco segundos antes del ahogo…
no te burles en absoluto.
«Tiempo ilimitado»,
como dice también la consigna.

Thanasis Jatzópulos[*]

Banderas en construcción

Fosa común

Caminamos en línea recta hacia la muerte. Por orden alfabético y cronológico.
Hacia donde analfabetos gobiernan una violencia ignorante que no conoce ni fin ni centro, ni norma ni principio. Caminamos en línea recta hacia la muerte, como si demonios y dioses nos hubieran señalado. En nombre
del enemigo. Fue su decisión: lograr por cualquier medio un solo propósito: aniquilar todo lo que quedaba de nuestra generación, lo que aún resistía en los años lleno vigor, derribarlo hecho cuerpo muerto. Los miembros: Athanasios Alexandru, 33 años; Geórgios Adamandíu, 31 años; Elefthérios Dikéu, 30 años; Vasílios Konstandinu, 23 años; Grigórios Grigoríu, 21 años; Sotírios Panagiotu, 20 años; Anastásios Nikiforu, 20 años; Gerásimos Aristovulu, 19 años; Dimítrios Nikodimu, 17 años; Jristóforos Ioannu, 15 años. Hombres todos, alineados. Así,
de cara a la llama de enfrente que escupía plomo y escribía los cuerpos por primera y última vez, los vistió con tinta negra, una nube que memorizara hasta la muerte la agramaticalidad de la violencia.
Nos inclinamos como los sembrados, uno al lado del otro, con un golpe sordo y un saludo profundo desde el lado del mar que nunca llegamos a ver. Nuestro destino fue el exterminio. Cavaron una fosa

[*] Premios Literarios Estatales. Premio en la modalidad de Poesía 2022, *Banderas en construcción*, Ediciones *Polis*, Atenas 2021 (pp. 11, 21, 29, 35, 43)

honda, veinte por diez, y nos arrojaron dentro como carroña. Hasta el alba se amorató, de noche a noche sin amanecer, porque la luz no aparece. Y esa aurora sin alba nos iluminó apenas desde la cabeza al rostro, y hasta el fondo del ojo nos devolvió un reflejo de otras vidas. Aquellas que desde el principio nos inscribieron a todos, en grupo, de la fosa a las fichas de los héroes.

Monumento

Como un epitafio con lentiscos
Con resina del tronco del lentisco
Con anémonas bajo la raíz del lentisco
Con ciclámenes junto a la raíz del lentisco
En la tierra de la raíz del lentisco

Horno grande

Se escondieron en la cisterna reseca. No me dio tiempo a entrar por la estrechísima abertura. Y me fundí con la sombra detrás del muro, entre los toneles rebosantes de vino. No lograron acallar el llanto de los pequeños y fueron descubiertos.

Entonces los otros encontraron estopas, las empaparon con líquidos inflamables y las incendiaron. La cisterna se volvió un horno inmenso. Retumbó la tierra con truenos en las entrañas. Se llenó de alaridos y humo, de carne quemada, de llamas que llegaban hasta el cielo. Ellos perdieron la vida en el suplicio y yo perdí la voz dentro del fuego. No hubo lengua que me hablara, ni voz capaz de decir lo que vieron mis ojos desde tan cerca, lo que desde la sombra ardí con ellos. Tantas noches se arrastran en mi sueño en oleadas y anulan mi pensamiento. Me despierto con los mismos gemidos que aquellos que quedaron atrás, apenas medio vivos.

Yo, para siempre medio muerta.

·

Supervivientes

Saben que durante el resto de su vida
los atormentará un ardor imperceptible,
que a veces les ahogará el aliento en lo profundo del pecho
y otras veces le dará a su verdad un impulso de vida
hacia la libertad.

Después de la cena en Nebojša

13
Vivimos años en las montañas,
años en las ciudades.
Vivimos nieves, muchas primaveras.
Y las montañas, montañas
acompañando intactas
todo lo pesado y todo lo afilado
que venía como diamante desde hace siglos
y nos cortaba el aliento.
Nos clavaba hielo en los ojos,
en su tristeza grave,
en su aire liviano
que nos apretaba el pecho.
Junto a las águilas,
valoraban nuestra historia intacta.
14
Quienes manejan la muerte
como si fuera su posesión de cada día,
que con falsa filantropía
la reparten entre los otros,
maldición y bendición,
¡ojalá encuentren
la misma muerte que dan!

Stavros Zafiríu[*]

Cielo verde, hierba azul

Sorbo de luna

Crece dentro de mí aquel pájaro que confiesa el tiempo
entre follajes, entre zarzas,
aquel pájaro, y ese tiempo,
y ese bosque, mi bosque, con su lobo indolente,
y mi lobo, sin hechizar y reflexivo. ¿Qué hago aquí,
como un triste acróbata sobre la balanza de la tierra bienaventurada?
¿Qué hago yo aquí?
Ni prueba ni gracia;
criatura del barro no cocido y del instante estéril,

busco;
y lo que busco es aquello que no se me concede;
y lo que se me concede ya me ha sido dado:
sombras antiguas que concluyen su servicio,
fe malgastada en renuncias del mal.

Fe busco;
siego necesidad y separo el fruto,
aventando la era en la vastedad, vivo la huida,
el advenimiento...

Soy el autómata en el suceso del mundo.

---

[*] Premios Literarios Estatales. Premio en la modalidad de Poesía 2023, *Cielo verde, hierba azul*, Ediciones *Nefeli*, Atenas 2022 (pp. 13-15, 16-21, 41-42, 45-46, 49-50)

Ni debilidad ni fuerza;
solo un vacío paréntesis que suaviza
la arista angular del pensamiento;
solo imágenes que se deslizan, que se escurren
de la invención del remordimiento,
no se escurren,
ligadas redentoramente a su eje. ¿Qué hago aquí?
¿Qué hago yo aquí,
en la obstinación de una culpa paterna y vana,
como una forma de adquirir destino?

Soy el canto del autómata del mundo:

«Dime, pues,
en las academias del paraíso, ¿qué te enseñaron
los cazadores portadores de espadas,
las culebras amaestradas y los cervatillos alegres?
¿Quién sopla sobre lo yermo para que se atreva al sol?
¿Y el tercero, el que con sus ojos mide caminos propios,
quién es el tercero? Tierra desolada,
país callejón donde solo caben dos;
¿quién es el tercero, el escuálido,
aquel a quien le espera cargar con la culpa?

»Un viento verdugo, severo, te huele,
toma tu aroma.
No lloraste en la aurora, llorarás;
llorarás en los crepúsculos, en los umbrales
donde el mar, como un don, reciba tu lágrima
para que se riegue la historia.

»Dime, pues,
¿el chalequito que llevas, quién te lo ha regalado?
Las ramas doradas te cantan deseos:

que tengas un compañero fiel / en este mundo / como tu sueño,
que veas la luz, que edifiques la luz,
que renueves tu alma con los testamentos de la nación».

Quien se doblegó allí y dejó la esperanza
a los consumidos,
y vivió durante años en la misma nekyia,
cautivo entre los vivos, cautivo
también entre los muertos;
aquel que se dobló allí, mamando el mar desde la piedra,
tallando desesperación en la piedra…
¿Quién le había bordado su chalequito?
Se deshojan las flores y se pudren sus hilos de seda,
y el decapentasílabo es sal en el cabello;
¿dónde se detiene el mar?, ¿dónde comienza la piedra?
¿A quién absuelve el beso?
El dolor está en otra parte.

Da vuelta el insomne, y desde lejos los destellos de las *variétés*;
Pierrot Lunaire, no tú, sino la luna es el comediante,
y monta farsas del Increado,
para vaciar al universo de su drama.

Pierrot Lunaire, luz de luna y tocado de luna, no tú,
la herejía de tu vida;
tu vida, vestida con la culpa de *société*,
con todas sus hojas abiertas a la perfecta farsa.
Controlas tú la plenitud, la pérdida, no tú,
el ebrio del cielo; polvo y eco,
luego yo;
yo mismo,
el otro, que existo en ese otro.

Noche

De un principio a otro, con actos-palabras, cosas pequeñas,
realidades;
cómplice: es una forma de decirlo,
de que se oiga
como el crujido de la envidia que revienta en el ojo,
sal en polvo, cuentas de aceite atándose en el agua,
dadnos la gracia; exorcismo fallido:
es la forma de estar aquí, figura incompleta
y juguete vencido por su propia vanidad.

—¡Oh, vanidad, vanidad!
¿Sabes qué es la vanidad, muchacho?
Canto y duelo y canción de cuna,
y manantiales rotos, y pozos que se han secado.

—¿Sabes qué es el duelo, muchacho?
Sangre de un degollado pájaro adivino, que la misma
muerte consagra, que amasa como si fuera el día de las ánimas cada día.

—¿Y la sangre? ¿Sabes qué es la sangre?
La marca del mandato, y hasta dónde te lleva,
verlo en las ofrendas y teñirlo de púrpura.

¿Quién es el tercero que viene a compartir la sangre?
¿Aquel que no fue anunciado, aquel que no se negó,
el que, traicionado, besó a los traidores?
Aquel que era capaz
de caber en la línea sin cabida del destino de la palma,
su sombra luchando contra la luz en el muro;
aquel, promesa, aquel

el modo de estar aquí, Pierrot,
de venir con tu propia sombra
alargando el cielo; con tu propio
cielo. No, así no se escribe la historia,
así se ordena.

Cómplice. ¿De qué culpa?
Ya nadie pronuncia discursos en los cementerios
y el loco del barrio ha sido destronado.
«Encuentra la culpa y págala». No,
así no se borra la deuda, así se encarece la derrota.

¿Sabes qué es la derrota, muchacho? ¿Qué es la derrota, tu derrota?
¿Lo sabes?
Un resto que cargas contigo, un cadáver sin enterrar
porque no hay tierra que pueda cubrirlo.

El cordero bala miedo, y el sacrificio
es un paisaje intransitado en tu otro costado.

*

¿Cuánto sacrificio hay en el sacrificio? ¿Cuánta pérdida?
¿Cuánto dios dentro del dios
que pronuncia la vida en su muerte?
La sangre palpita en el altar, la sangre arde
y el ángel cubierto de ceniza aviva el fuego.

¿Cuánta vida hay en la vida?
En su éxtasis cruciforme, un pájaro atrapado en sus propias alas;
aquí, cuerpo tembloroso,
que brille en su interior la muerte, donde se salva
en forma de exvotos de plata sobre el iconostasio con santos.

Cuánta vida, de un principio
a otro, con actos-palabras:

dejad que vengan a mí
aquellos que, de muerte en muerte, ensancharon la vida
tanta vida, que no cabe en su propia muerte.

De un principio a otro, con susurros del alba:
Oh, tú, de juicios sabios, tú;
tú que caminas junto a los dos
y les hablas y te hablan
y les coges la mirada
y no te reconocen;

tú que quieres desatarte
del pan, del vino, de tu guerra civil,
de las vendas podridas del sepulcro profanado».

Ni protector ni guardián allí;
un lugar inhóspito;
y solo la piedra, vegetación; la pena,
y solo la pena, cumplimiento de la tierra.
¿Cuánto sacrificio hay en lo incumplido?

No es oráculo de la Sibila; un deber así,
tú mismo te lo profetizas.

Pierrot Lunaire, alguien camina a nuestro lado
con la sonrisa sangrando en los labios;
alguien que canta himnos rebeldes y lamentos fúnebres,
sacudiendo la tierra de la muerte,
de su propia resurrección,
así te lleva hacia lo prodigioso.

Recoge el camino, y tu mercancía poco a poco se agota.
Te pone a prueba el que llega;
para un tiempo sin rumbo calafatea las grietas en la borda.
Te pone a prueba la estrella del alba.
Te dicen: por la noche florecen los huesos; créetelo.

Que te pidan la brisa del amanecer; ofrécela.
Así gira lo imposible:
como un carrusel iluminado en tu parque de atracciones.

*

Soy lo de siempre en la marea del mundo.

Cuando las aguas crecen,
¡cuán cerca estoy de los frontones del mundo!
Y cuando se retiran,
huellas en la arena ya a mi espalda.

Y tú, delante de mí,
espectro despojado de forma,
buscas un aliento, para que respire tu demonio.
Con la caracola llamas a los últimos
a apiadarse de los primeros,
a que las cabras pasten la sal de la orilla;
llamas a aquel que cayó
con un lirio silvestre entre los dientes.

Ni timonel ni remero;
navegante sin velas, medio lucero
mirando
la otra mitad perdiéndose en tus mares,
haciendo girar el fondo, ola tras ola
bordando las tormentas.
Míralo para salvarte, aunque no te salve.

Media luna del cielo,
la otra mitad de la tierra;
la tierra la cuelga en su umbral,
te la enciende como cerilla en el puesto de guardia, media llama,
la otra mitad, promesa del dolor.

Vives la huida, la llegada,
el arte de rimar el llanto nacional
en un servicio
que esconde en su palma la chusta del cigarro.
Con la caracola llamas al perro que ladra tras la alambrada,
a la piedra encajada en el muro seco,
llamas a las palabras de la primavera
un lunes al mediodía, primero de marzo:

—*¡Chicos, cuidado, disparan a matar!*

La bandera, la bandera a media asta,
en el bisiesto costado de la historia,
en el lado que mira de frente y conoce su terrible rostro.

—*¡Todos de pie para cantar* la sangre,
la sangre que dejó de ser sangre para estar dentro de la sangre!

Queda atrás el deber, las heridas
tanta deuda me llenaste las entrañas,
tan lastre la quilla de la lengua.

—*¿Vas a hacer la declaración, o qué?*

¿Sabes qué es una declaración, chiquillo?
¿Sabes qué es esta declaración, de verdad?
Es lo ajeno de uno mismo; es veneno que guardabas
y para el que se necesita el doble de valor para tomarlo.

Quien se doblegó allí, no, el silencio no se escribe así,
así se archiva.

*

Nómada de los altillos, Pierrot, no tú,
la Parábasis de tu vida,

los Intermedios que sudas y siempre regresan al mismo tema:
al náufrago que se hizo asceta en los desiertos bíblicos del mar,
al náufrago que oyó en la voz de las sirenas
las rapsodias de los ciegos
y enterró su botella en la arena;
el náufrago de tu vida;
aquel que desnuda sus huesos de sus harapos,
aquel que te viste con sus harapos
para el nuevo improviso de tu existencia.
Pierrot Lunaire,
 no tú,
aquel que reparte la luna,
aquel que la corta en rebanadas y reparte la luna.

El Ángel de la Historia

Hay un ángel en los libros secretos,
desconocido en las órdenes angelicales;
deforme, con un cuerpo descompasado,
como una marioneta mal hecha
cuyos hilos se han enredado
y las alas se mueven de otro modo, distinto.

Jamás descendió a los caminos de los hombres,
nunca fue ángel de nadie,
nadie lo ha visto jamás en sus sueños.

Es un ángel que no anuncia absolutamente nada,
no hace milagros, ni siquiera hace visibles los milagros,
y tiene por única misión mirar;

mira hacia adelante, pero solo ve lo que hay delante de él,
como en una imagen de un instante detenido,
todo lo que ya ha ocurrido a su espalda;

todo el tiempo antes de cortarse de su continuidad,
antes de que el soplo del viejo aire se aleje,
antes de que se apaguen los ecos de voces
que ya han enmudecido.

«Así debe de ser el Ángel de la Historia»,
dice Benjamin en su Novena Tesis;
una marioneta colgada
sobre una realidad que se alza
hasta sus propios escombros.

Así quiere la realidad parecerse,
buscando colores para volverse visible,
buscando luz para mostrarse
fuera de sus propios colores.

Existe ese cuadro de Klee
llamado *Angelus Novus*;
acuarelas, una pintura
como un recuerdo infantil de su habitación.

Un ángel nuevo, de ojos desorbitados,
un ángel nuevo, con alas torpes,
listo, al parecer, para venir hacia aquí
a poner fin
a todo lo que en la historia no ha llegado a su fin;

con la boca abierta de par en par, como si exclamara:
«hasta el mundo más perfecto será incompleto
antes de la pincelada de la utopía».

Montaje

En la Alexanderplatz, ¡ay, la Alexanderplatz!
Simulación de sentimentalismo
en la mesa de Franz Biberkopf,
él es un buhonero de cosas cotidianas;
en realidad
es un pobre diablo que intenta seguir siendo honesto.
¡Tarán!, ¡tarán!, ¡tarán! Oh, honestidad, tan delgada
tu cáscara, como la de un huevo, ¡crac! y se agrieta, y se rompe.

Con el brazalete del partido en el bolsillo,
negro, azul, rojo, en lo alto
ondean las banderas, no las mira; abajo,
verde, negro, rojo, se mueve,
se acerca, se aleja sin saber
si conduce o si sigue a la historia.

En las noticias del día:
- Otra oportunidad perdida para el empleo - Retroactivos: guía para 200.000 jubilados - La arrastraba por la calle y la apuñaló frente a su familia - Plan Nacional de Recuperación: la hoja de ruta con obras, inversiones y reformas - Ladrones vaciaron una joyería. Vecinos les lanzaban macetas para detenerlos - Arde la ira en Sudáfrica

Azul, negro, rojo, dorado, ¡adelante, marchen!
Señoras y señores, necesitamos ilusiones,
necesitamos hablar desde las nubes a las nubes,
en la tierra somos un papel sucio, lo saben bien,
una transacción inflacionaria de expectativas y sus desmentidos;
la tierra es la ley de la gravedad.
La ciudad se mueve, debajo de él se agita, al frente,

él se mueve en la ciudad
y ahora les voy a mostrar cómo coser
con este hilo sus párpados,
cómo con los párpados cosidos ver el mundo,
cómo con estos cordones incorruptibles en sus zapatos
caminar incorruptibles por el mundo.

Movimiento de mercado:
Tiendas de empanadas de queso, shawarmas, joyerías, ropa y calzado, artículos de viaje, café para llevar, repuestos originales, sabores auténticos. - ¿Se ha enterado del nuevo programa de recompensas para nuestros clientes? Visítenos hoy mismo y entérese. - ¡Solo aquí encontrará productos de lavanda y setas! - Compramos muebles usados, electrodomésticos, artículos del hogar. Pago inmediato en efectivo.

Necesitamos avivar el fuego que nos consume,
señoras y señores,
¡puf! el humo, no piensen mal,
si algo ha sido engañado en el universo, es tan descaradamente el ser humano;
miren cómo caminar, cómo apretar
esa corbata al cuello.
¡La soga es elegancia, señores míos!

Parte meteorológico:
Olas de calor afectarán muchas zonas del país, con temperaturas que alcanzarán localmente los 42 grados centígrados. Los vientos débiles, combinados con estas temperaturas, aumentan significativamente la sensación de malestar, especialmente en los centros urbanos.

Blanco, celeste, rojo, blanco. Mantengan nuestras banderas en alto.
Es un deber
que nuestras banderas permanezcan altas, incluso en la calma absoluta.

Stavros Zafiríu

La muerte y la hija

Una imagen es. Pero es la pérdida.
¡Cómo podría ser la muerte con ojos desposeídos!
¡Cómo el amor, materia, en los labios de la muerte!

Pecho inclinado sobre su pecho, carga de cuerpo,
como vestido; dentro, desnudo, como uno mismo
que ha gastado toda la vergüenza en su abandono.
Duelo, o el último acto de la lascivia,
haciendo del desgaste un deseo de lo que se desgasta,
lo feo tan feamente hermoso.

Representarse la vida en los colores de la podredumbre,
latido y aliento, estremecimiento,
lugar del pensamiento
sin testimonio,
lugar del arte, cómo
el arte, su terror,
y que tras ella se cierren las puertas de su espanto.

No volveré a verte, solo aquí,
consumiéndote como cera de abeja en la llama,
dos almas, dos hilos,
poseyendo el cuerpo de un niño,
derrochando todo lo que quedó en la última
pose del amor;

solo aquí mirarte, sostenerte,
en dedos huesudos apretar
lo que se te parece solo aquí, así, muda,
en el trayecto

desde tu forma hasta tu ausencia de forma;
con mis lápices las líneas
de lo visible, y dentro de ello
las invisibles líneas de la ausencia;

una imagen eres.

La sosiega la muerte;
faltan el peso, las sombras
de las alegorías,
falta la corrupción del destino.
Egon Schiele,
pintor de formas sensuales, esqueléticas,
la firma en la esquina superior derecha.
Justo encima de su firma ya borrada.

Anna Griva[*]

La diosa perdida

Jesús a los doce años

Apenas terminó su discurso,
¿quién eres tú?
le gritaba la multitud.
Pero él, asustado
por el clamor y el estruendo,
no dijo una sola palabra.
Pensamientos extraños le llenaban la mente:
que era un extraño en este mundo,
que no pertenecía a ningún lugar.
Entonces intentó encontrar
una causa razonable
para sus sentimientos:
quizá, al contemplar las estrellas por las noches,
había anhelado la tierra intacta,
la lejana de su galaxia,
y ahora, solo, sin patria,
se había convertido en cuerpo celeste,
nativo de la luna,
hijo del sol.
Esa era una explicación
para su soledad.

[*] Premios Literarios Estatales. Premio en la modalidad de Poesía 2024, *La diosa perdida*, Ediciones *Meláni*, Atenas 2023 (pp. 14, 24-25, 27, 31, 39)

Y así, con paso tranquilo,
descendió las escaleras del templo,
sabiendo ya
cuán íntegro,
cuán precioso
es estar exiliado
en este mundo.

Judas

Amaba las estrellas,
los números
y la precisión de las lenguas.
Sabía que su maestro
era el enviado de la perfección,
y le dolía verlo
cómo se desgastaba
explicando,
actuando,
señalando
con cuentos vulgares
una verdad lejana.
«No te conviertas en el bufón de los ignorantes.
Este mundo
es una herida,
es una horca»,
le dijo la última noche.
Pero el maestro se limitó
a señalarle la Osa
y luego el Escorpión,
se limitó a medir
las distancias de los cuerpos celestes.

Y así la noche se desvió
de su oscuridad inicial,
siguió la belleza,
nadó por la galaxia.

Aquella noche de primavera
se volvió una parábola silenciosa,
hasta que vio ante sí
Judas
a todos los maestros
enseñando en vano
la luz.

Las santas mujeres

Desde pequeñas habían aprendido todos los aromas.
Distinguían las flores
como si fueran sus hijos.
Ese es mi jacinto,
aquel mi girasol,
¡cuánto te amo, dulce rosa!
Susurraban cosas así en primavera,
y así respondían
al éxtasis del viento.
No era fácil,
después de tantas tremendos éxtasis,
después de tantas oraciones
en la lengua de las flores,
escuchar los lamentos,
escuchar sollozos,
ver miembros bañados en sangre
y ojos ya sin luz.

Cuando luego hallaron vacío el sepulcro,
el ángel proclamaba el milagro,
pero ellas no querían saber.
Pensaban sólo
en cuán sagradas eran las flores del campo,
cuán aromáticas y eternas.
Y volaban a su alrededor las abejas,
como si leyeran aquel pensamiento
tan piadoso
sobre el panteón del bosque,
sobre los libros sagrados de los insectos.

Eva y la serpiente

¿Recuerdas cómo me abrazabas y cómo me enseñabas las estrellas?
Tú, hija del conocimiento, y yo, tu criatura.
Me diste manzanas y bulbos
y raíces muy vivas de la exaltación de la Tierra.
Yo era el error y saboreaba lo correcto,
la parte que se volvía todo.
Ahora, tu ausencia es una herida.

Si alguna vez me convierto en fruto, ¿vendrás a definirme?
¿Me nombrarás?
¿Sentiré el árbol, la rama,
el pico del ave inmortal
en mi carne tierna?

Serpiente mía, ven a buscarme otra vez.
He quebrado el exilio:
el oscuro laberinto de mi cuerpo
es una patria infinita.
Poseo el reino del nacimiento,
repto, camino, canto
como tú me enseñaste.

Soy autóctona ya, en todas partes.

Jesús y la diosa perdida

Siempre venía en un sueño
y le decía:
«Yo, tu madre verdadera,
yo, el animal persistente de tus entrañas.
Tu ovillo es el círculo de mis senos.
Hijo mío, tú, y a la vez mi antepasado.
Tú mi brote, y mi raíz primera.
No me destierres, no me arranques,
no me mates».

Luego caía la oscuridad
y la noche del sueño,
lenta e imperceptiblemente,
se fundía con la noche de los cielos.

Pero él abría los ojos
y la veía ante sí:
los pechos en flor,
manando oro y estrellas,
y su vientre brillando
por encima de todas las fuentes,
como río,
como mar,
y en el fondo
los hombres,
los osados, los incansables
nadadores.

Stavrula Papadaki[*]

Y la gente qué dirá

Qué te duele

Arriesgando mi vida
trepé el muro.
Siempre me hiero
por el sueño
de un frasco lleno.
Me vuelvo sacrificio
por un poco de belleza, y
me gritas, con voz de padre:
no cortes las flores
de los otros.

Me pinché, y
me pregunto:
¿qué te duele más,
la muerte repentina
o
que no te pertenezca nada?

---

[*] Premios Literarios Estatales. Premio en la modalidad de Autor Debutante 2024, *Y la gente qué dirá*, Ediciones *Kapa ekdotikí*, Atenas 2023 (pp. 14, 16, 24, 28, 29)

Mercado

Sobre el camisón de flores,
sus cabellos blancos susurran.
Sus manos aún sostienen
con firmeza
bolsas de plástico
con claveles chinos
y naranjas del mago Merlín.

Las frescas fresas de marzo
y a las muchachas observa
con desconfianza,
cómo se inclinan sobre los puestos
para elegir, para ellas,
lo mejor
aunque aún no sea
su época.

Videollamada

Me conecto.
¿Me ves?
¿Me oyes?
En este ojo solo caben
mi pelo, la nariz y el cuello
por ahora.
Mañana te mostraré
el resto del cuerpo,
y si te gusta
todo,
algún día te dejaré
abrazarlo
y ojalá entonces
tengamos los dos
buena señal.

Vampiro

Llenaste mi copa
de vino tinto.
Perdona,
yo he venido aquí
a beber
tu sangre.

Queja

Dices que no escribo
sobre ti,
pero no entiendes
que lo más importante
no se escribe,
y nadie lo ve,
como la saliva,
que transparente y espesa
se forma poco a poco
y en secreto cura.

Biografías y obras

Ajiléas III

Nació en Kavala en 1979. Es escritor, músico y muchas otras cosas que no tienen cabida en una breve nota biográfica. En sus textos disfruta de alterar el sentido de las palabras y de las imágenes, reinterpretando lo evidente con el fin de revelar el mundo extraño que se esconde en los pliegues de la realidad, aunque, al final, no sea más extraño que la realidad misma.

Su libro *El falsificador* fue galardonado con el Premio Estatal de Relato y Novela Corta en 2020.

Obra publicada

- *Complejo. Diccionario de lazos arbitrario, espontáneo, ofensivo e incompleto*, diccionario, Fairead – Nefeli, 2016.
- *El falsificador*, fotonovelas, Nefeli, 2019. (Premio Estatal de Relato y Novela Corta, 2020)
- *Carcelero*, fotonovelas, Nefeli, 2022.
- *En fin*, relatos, Íkaros, 2024.

Giannis Antioju

Nació en El Pireo en 1969. Es titular de un MBA y un MSc de la Facultad de Medicina de la Universidad de Atenas, con especialización en Unidades de Cuidados Intensivos. Ha publicado ocho libros de poesía y ha traducido *Cartas de cumpleaños* de Ted Hughes (2005), poemas de Anna Ajmátova y de poetas estadounidenses suicidas, así como una biografía de Anna Ajmátova. Ha recibido el Premio Estatal de Poesía en 2020.

Obra publicada
- Poesía
- *Piel de una joven noche presente*, Gavrilidis, 2003.
- *Romeo and Juliet*, Délear, 2004.
- *En su lengua*, Gavriilidis, 2005.
- *Inspiraciones*, Íkaros, 2009.
- *Espiraciones*, Íkaros, 2014.
- *Disolución*, Íkaros, 2017.
- *Él, el cielo inferior*, Íkaros, 2019 (Premio Estatal de Poesía 2020).
- *Cuerpo*, Íkaros, 2023.

Nasia Dionisíu

Nació y vive en Nicosia. Su primer libro, titulado *Belleza innecesaria*, recibió el Premio Estatal de Relato y Novela corta de Chipre. El libro fue traducido al serbio (Treći Trg, Belgrado, 2021), y algunos cuentos de la colección han sido traducidos y publicados en inglés, húngaro y francés. Su segundo libro, la novela corta *¿Qué es un campo?*, fue galardonado con el Premio Estatal de Relato y Novela corta de 2022 del Ministerio de Cultura y Deportes de Grecia y fue incluido en las listas cortas de los Premios Estatales de Literatura de Chipre y de las revistas literarias *O anagnostis* y *Klepsidra* en Grecia. La novela corta está en proceso de publicación en francés (Éditions Cambourakis), ucraniano (Anetta Antonenko Publishers) y serbio (Treći Trg).

Obra publicada
- *Belleza innecesaria*, cuentos, To Rodakió, 2017.
- *¿Qué es un campo?*, novela corta, Polis, 2021, (Premio Estatal de Relato y Novela corta de 2022).
- *No escriban, Arturo*, Polis, 2024.

Anna Griva

Anna Griva estudió Filología en Atenas y en Roma. Es doctora por el Departamento de Lengua y Filología Italiana de la Universidad Nacional y Kapodistríaca de Atenas, con especialización en poesía renacentista, y ha sido investigadora posdoctoral en el Departamento de Filología de la Universidad del Peloponeso. Ha publicado seis poemarios, una colección de relatos, dos novelas históricas, un estudio académico y una monografía. Su poemario *La diosa perdida* fue galardonado con el Premio Estatal de Poesía 2024, mientras que su colección *Daimonioi* (2020) recibió el Premio «G. Athanas» de la Academia de Atenas. Sus obras han sido traducidas a múltiples idiomas. Traduce literatura italiana. Su traducción de los poemas de Laura Battiferra fue distinguida en 2020 por el Instituto Italiano de Cultura de Atenas en el marco de los Premios de Traducción Literaria.

Su obra en prosa *La bruja siciliana* obtuvo el Primer Premio del Club UNESCO de Artes, Letras y Ciencias de Grecia (2024). Enseña Literatura Italiana y Escritura Creativa en la Universidad Abierta Helénica y en la Universidad Nacional y Kapodistríaca de Atenas.

Obra publicada
Poesía
- *La voz del asesinado*, Jaramada, 2010.
- *Los días en que fuimos salvajes*, Gavriilidis, 2012.
- *Así son los pájaros*, Gavriilidis, 2015.
- *Hilo oscuro anudado*, Gavriilidis, 2015.

- *Daimonioi*, Melani, 2020.
- *La diosa perdida*, Melani, 2023 (Premio Estatal de Poesía 2024).
Relatos
- *Los animales dioses*, Kijli, 2021.
Novelas históricas
- *Reinas exiliadas*, Melani, 2021.
- *La esclava griega*, Melani, 2022.
Estudios y monografías
- *Ontología de lo Uno en la teoría platónica de las Ideas* (con Markos Dendrinós), Zitros, 2021.
- Afroditas. Aspectos y cultos de la diosa Afrodita en la Antigüedad temprana, con Safo como guía, Smili, [fecha no especificada].

Spiros Gulas
Nació en 1991 en Atenas. Estudió en el Departamento de Ingeniería de Computadoras y Ciencias de la Computación de la Universidad de Patras y trabaja como programador. Por su primera colección de poemas *Las viejas ropas las ponen de buenas* recibió el Premio al Poeta Debutante Yannis Varveris de la Sociedad de Escritores en 2021 y el Premio Literario Estatal al Autor Debutante en 2021.

Obra publicada
Poesía
- *Los del año pasado los guardan para siempre*, Polis, 2020 (Premio Literario Estatal al Autor Debutante 2020).

Vanguelis Jatzigiannidis
Nació en Sérres el 4 de julio de 1967 y pasó allí sus primeros años de infancia. Estudió en la Facultad de Derecho de la Universidad Nacional y Kapodistríaca de Atenas y en la Escuela de Arte Dramático Veakis. Durante algunos años trabajó como actor en producciones teatrales, pero después se dedicó a la escritura. Sus novelas han sido traducidas y publicadas en varios idiomas (inglés, francés, italiano, español, portugués, georgiano y turco).

Obra teatral
Sus obras *Metamorfosis, Barro, La poupée, Aire, Luz en la pantalla, A ti, lo inmaterial, Tarta, Mariposa en un pozo, En el paraíso, La casa de las serpientes, Lobas* se han representado en escenarios como:
Teatro de la Calle Kefallinías, Sfendoni, Fundación Onassis – Sala de Letras y Artes, Teatros Municipales de Sérres y Agrinio, Teatro Póli, Teatro de Arte, Teatro Nacional de Grecia, Angelon Vima, Apo Michanis, Ilysia-Volanakis, Mikro Palas, Pequeño Teatro de la Antigua Epidauro, Schlosspark Theater de Berlín.
Por encargo de la Ópera Nacional de Grecia, escribió el libreto de la ópera *Z*, basada en la novela homónima de Vassilis Vassilikós, y también el libreto de *Papisa Juana*, inspirada en la novela de Emmanuel Rhoides. Durante muchos años ha impartido clases de escritura teatral creativa.
- Fue distinguido con:
- El Premio al Mejor Autor Debutante de la revista Diavazo (2000),
- El Premio francés Laure Bataillon (2004) por la novela *Los cuatro muros*, que además fue finalista del Independent Foreign Fiction Prize británico en 2007,

- El Premio del Público en el Festival Teatral de Heidelberg (2013) por su obra juvenil *Luz en la pantalla*
- El Premio de Narrativa de la revista Klepsýdra por la novela *La mínima huella*,
- El Premio Estatal de Relato y Novela Corta (2023) por la novela *Tu nombre*.

Obra publicada

Narrativa

- *Los cuatro muros*, novela, To Rodakió, 2000.
- *El huésped, novela*, To Rodakió, 2004.
- *Historias naturales*, relatos, To Rodakió, 2006.
- *Sueño*, relato, To Rodakió, 2008 (edición bilingüe con ilustraciones de Efrosini Doxiádi).
- *La mínima huella*, novela, To Rodakió, 2013.
- *Tu nombre*, novela corta, To Rodakió, 2022 (Premio Estatal de Relato y Novela Corta, 2023)

Teatro

- *Metamorfosis*, Ianos, 2005.
- *Aire* (Digma/Eurasia, 2011; To Rodakió, 2019).
- *Luz en la pantalla*, To Rodakió, 2012.
- *Tarta – A ti, lo inmaterial*, To Rodakió, 2015.
- *Z, el libreto* (ópera), To Rodakió, 2018.
- *La poupée – Aire – En el paraíso*, To Rodakió, 2019.
- *La casa de las serpientes*, Nefeli, 2021.
- *La maleta de Uranía Celeste* (obra teatral con seis escenas y cuatro canciones, ilustrada por Mirtó Delivoriá), To Rodakió, 2022.

Thanasis Jatzópulos

Nació en Aliveri, Eubea, en 1961 y es poeta, traductor, psiquiatra infantil y psicoanalista. Vive y trabaja en Atenas. Ha sido galardonado por la Academia de Atenas con el Premio de Poesía (Fundación Petros Jaris, 2013) por el conjunto de su obra; con el Premio Estatal de Relato y Novela Corta 2021 por su libro *Presente histórico*, y con el Premio de Poesía de la revista digital *O anagnóstis* (El lector) en 2022 y el Premio Estatal de Poesía 2022 por su colección poética *Banderas en construcción*.

Sus poemas han sido traducidos a doce idiomas. Su libro *Celda* recibió el premio Max Jacob étranger en 2013 en su traducción al francés, mientras que su esbozo de poética *Verbos para la rosa*, en la traducción al español de Vicente Fernández González, fue distinguido con el Premio Nacional de Traducción en España en 2003. En 2014, la República Francesa le concedió el título de Caballero de la Orden de las Artes y las Letras.

Obra
Poesía
- *La dormición*, Kastaniotis, 1988.
- *El muerto de sangre*, Kastaniotis, 1994.
- *Al sol, destino*, Kastaniotis, 1996.
- *Con el propio cuerpo*. Fragmentos A, Kastaniotis, 1997.
- *Como presente*, Diámetros, 1997.
- *Regla*, Kastaniotis, 1998.
- *Desde el origen del rocío*, Kastaniotis, 1999.

- *La ausencia de luz*, Kastaniotis, 1999.
- *Celda*, Rodakió, 2000.
- *Mixtos y anfitélicos*, Metejmio, 2003.
- *No human's land*. Informe, Metejmio, 2005.
- *Dígitos y teselas*, Metejmio, 2006.
- *Metopa*, Ípsilon, 2007.
- *Travesía*, Ípsilon, 2007.
- *Rostro con la tierra*, Gavriilídis, 2012.
- *Beso de la vida*, Kijli, 2016.
- *Banderas en construcción*, Polis, 2021 (Premio Estatal de Relato o Novela Corta 2021).
- *Cráter*, Pólis, 2023.

Narrativa
- *Los olvidados*, novelas breves, 2014.
- *Presente histórico*, Relatos, Polis, 2021 (Premio Nacional de Relato o Novela Corta 2021).

Ensayo
- *Verbos para la rosa*, Kastaniotis, 1997.
- *Anagramas en el silencio*, Polis, 2002.
- *La postura de la cigüeña*, Steréoma, 2022.

Jristos Jristidis

Nació en 1953 y vive en Atenas. Estudió Economía en el Departamento de Economía de la Facultad de Derecho de Atenas y Dirección de Cine en la Escuela Stavrakos. Su novela corta *Desnudo* fue galardonada con el Premio Estatal de Relato y Novela Corta 2021, así como con el Premio de Relato y Novela Corta de la revista digital *O anagnóstis* (El lector). Su novela *Aurora* constituye la última parte de una trilogía no oficial sobre la muerte como regreso al lugar natal.

Obra

- *Renacido al revés*, microhistorias, Ediciones Entefktirío, 2016.
- *Desnudo*, novela corta, Ediciones Entefktirío, 2020. (Premio Literario Estatal de Relato y Novela Corta, 2021)
- *Aurora*, novela, Kijli, 2023.

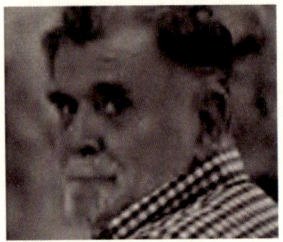

Dimitris Kanelópulos

Nació en Nemuta, Élide, en 1954, de donde emigró en 1958, siguiendo a su familia a Atenas como migrante. Estudió Historia y Filosofía en la Universidad Babeş-Bolyai de Cluj Napoca (Rumanía) y es licenciado por el Departamento de Historia y Arqueología de la Universidad de Atenas. Trabajó como empleado en varias editoriales y como profesor de Lengua y Literatura en la enseñanza privada. Su colección de relatos *La muerte de la víbora y otras historias* fue galardonada con el Premio Estatal de Relato y Novela Corta 2019.

En 2023 fue distinguido con el Premio Internacional RADU GABRIEL PÂRVU por la promoción y traducción de la literatura rumana en el extranjero, gracias a la antología traducida y publicada en griego bajo el título *95 poetas rumanos del siglo XX. Una antología sentimental.* Ese mismo año publicó, en traducción propia junto con Eugen Uricaru, la obra poética completa de Constantino P. Cavafis en lengua rumana, trabajo por el que recibió el Premio Anual de la revista rumana Apostrof.

En 1982 coordinó el dossier dedicado a la literatura rumana en la revista Poliorkía (n.º 16, abril de 1982). En 1984 organizó y presentó al público lector rumano la antología de poesía neohelénica contemporánea *42 poetas griegos contemporáneos* (Edidura DACIA, Cluj Napoca, Rumanía). En 1996 se encargó del número monográfico de la revista Planódion (n.º 24), dedicado al poeta rumano Anatol Baconsky. Sus poemas y relatos han aparecido en revistas griegas y extranjeras. Desde 2006 dirige la revista Oropedio.

Obra
Poesía
- *Niebla pétrea*, Eridanos, 1986
- *Soledades escitas*, Kolonós, 1996
- *Silencio de radio*, Kolonós, 2005
- *Lecho de semilla*, Kalí Oropedio, 2010
- *El dique de la memoria*, Oropedio, 2017
Narrativa
- *La muerte de la víbora y otras historias*, Kijli, 2018 (Premio Literario Estatal de Relato y Novela Corta 2019)
- *En los tiempos del conde rojo*, Kastaniótis, 2022

Dionisis Kapsalis

Nació en Atenas en 1952. Estudió Filología en Estados Unidos (1970-1974) y en Londres. Ha publicado poesía, ensayos, estudios críticos y traducciones poéticas. Ha traducido numerosas obras (principalmente de Shakespeare) para el teatro, y ha colaborado estrechamente con el compositor Nikos Xidakis en la creación de obras que combinan poesía y música. Trabajó en la Fundación Cultural del Banco Nacional de Grecia (MIET), donde ocupó el cargo de director desde 1999 hasta 2021. Desde 2006 imparte la asignatura de Literatura en la Escuela de Arte Dramático del Teatro Nacional de Grecia. Es Doctor Honoris Causa de la Facultad de Filosofía de la Universidad Aristóteles de Tesalónica (2015).

Ha sido distinguido con el Premio Uranis (1999), el Premio Nacional de Traducción Literaria por su versión del *Hamlet* (2015), el Gran Premio de las Letras (2017) y el Premio Nacional de Poesía por Notas sobre la música del mundo (2021).

Obra
Poesía
- *Las mirtas de la luz*, Plethron, 1978
- *Con una loca cosecha*, Agra, 1979
- *Primer libro*, Agra, 1982
- *Cuatro*, Agra, 1983
- *Una vez más*, Agra, 1986
- *Dígama*, Agra, 1988

- *Triodion* (con G. Koropoulis y I. Lagios), Agra, 1991
- *En escala menor*, Agra, 1991
- *Educación sentimental*, Agra, 1993
- *Ramillete* (con M. Ganas, G. Koropoulis y I. Lagios), Agra, 1993
- *Días de asueto*, Agra, 1995
- *Baladas y ocasiones*, Agra, 1997
- *Retrato*, Agra, 1998
- *De un dolor finísimo*, Agra, 2003
- *En la tumba de Cavafis*, Agra, 2003
- *El estrépito del tiempo*, Agra, 2007
- *Todos los crepúsculos del mundo*, Agra, 2008
- *Aquí y allá*, Agra, 2010
- *Una cuestión de felicidad*, Agra, 2014
- *Testamento: 25 de marzo de 1616*, Agra, 2016
- *Portón negro de rejas y otros relatos*, Agra, 2017
- *Apokopos o Spinalonga*, Agra, 2019
- *Notas sobre la música del mundo*, Agra, 2020
- *La catarata*, Agra, 2022
- *Como los viñadores*, Agra, 2024
Ensayo
- *Las medidas y los pesos*, Agra, 1998
- *Las deudas de la lectura*, Nisos, 2000
- *La afinidad con las cosas: argumentos sobre poesía*, Ipsilon/Vivlia, 2001
- *A su tiempo*, Agra, 2002
- *Dos textos en prosa sobre el arte de la lectura*, Astra Gallery, 2003
- *La habitación bajo la escalera*, Agra, 2008
- *La feliz filología*, Agra, 2015
- *La inquietud de lo humano*, Agra, 2016
- *Suerte necesaria*, Agra, 2018
- *La vista desde la Roca Redonda: Darwin – Melville – Conrad*, MIET, 2019.

Dimitra Koliaku

Nació en 1968 y creció en Atenas. Realizó estudios de Filología en la Universidad Nacional y Capodistríaca de Atenas (EKPA) y estudios de posgrado en Lingüística en la Universidad de Edimburgo, donde también presentó su tesis doctoral. Enseñó lingüística teórica en la Universidad de Newcastle (1995–2010), antes de establecerse con su familia en París, donde imparte clases de literatura y cultura en inglés en un liceo internacional.

Su obra literaria ha sido reconocida con numerosos premios, como el premio al autor debutante *Jim Wilson* del E.K.E.BI. por su novela *El taller mágico*, el *Athens Prize for Literature* y el Premio de Novela de la Fundación Petros Jaris de la Academia de Atenas por *Temperatura ambiente*, así como el Premio de Relato del medio digital *O anagnostis*. Por su obra *El alfabeto de los insectos* recibió el Premio Estatal de Relato y Novela corta en 2019.

Colabora regularmente con las revistas literarias *Frear* y *Chartis*. El capítulo L [Libélula] de *El alfabeto de los insectos* fue publicado traducido al inglés en la revista estadounidense *The Brooklyn Rail* en otoño de 2020.

Obra
- *El taller mágico,* novela, Librería «Estía», 2001.
- *Temperatura ambiente*, novela, Patakis, 2006.
- *La enfermedad de las montañas*, novelas cortas, Pataki, 2009.
- *El rostro del cielo*, novela, Pataki, 2013.
- *La mitad de todo*, novela, Pataki, 2015.

- *El alfabeto de los insectos*, relatos, Patakis, 2018 (Premio Literario Estatal de Relato y Novela corta de 2019).
- *Ataraxia*, novela, Pataki, 2022.
- *Calipso*, Pataki, 2024.

Ilektra Lazar

Nació en 1989 y vive en Atenas. Estudió en las universidades de Atenas y Corinto. Ha experimentado con nuevas formas de escritura y narración a través del proyecto poético «TwoParts» y de escrituras colectivas. Sus poemas y ensayos han sido publicados en revistas y circulan en Internet. Su poemario Niños santos fue galardonado con el Premio Nacional de Autor Novel 2020.

Obra
Poesía
- *Santos infantes*, Áparsis, 2019 (Premio Estatal de Autor Debutante 2020)
Ensayo
- *Lobo, lobo, ¿eres yo? La narración deformada y el reverso de la literatura*, Kyanavgí, 2023

Mijalis Makrópulos

Nació en 1965 en Atenas. Estudió Biología en la Universidad Nacional y Capodistríaca de Atenas (EKPA). Durante los últimos trece años vive con su familia en Lefkada.

Su obra *Agua negra* fue galardonada con el Premio de Relato y Novela corta de 2020 de la revista *O anagnostis* y con el Premio Literario Estatal de Relato y Novela corta de 2020, y *La encina dorada* recibió el Premio Estatal de Literatura Infantil 2021. Sus relatos se publican en diversas revistas. Trabaja como traductor literario.

Obra
Narrativa
- *La tristeza en los ojos del ratón*, novela, Odiseas, 1995.
- *Julia tenía una pierna*, novela, Odiseas, 1998.
- *Historias de criaturas microscópicas y gigantes*, relatos, Oxy-Brainfood, 2000.
- *El monstruo y el amor*, novela corta, Librería «Estía», 2002.
- *La excursión mágica*, novelas cortas, Librería «Estía», 2005.
- *El fin del viaje*, novela, Librería «Estía», 2006.
- *La silla vacía*, novela corta y relatos, Kastaniotis, 2007.
- *Spurgito y Graham*, novelas cortas, Pikramenos, 2012.
- *El árbol de Judas*, novela corta, Kijli, 2014.
- *Tzotsiya y Ohm*, novela corta, Kijli, 2017.

- *Agua negra*, novela corta, Kijli, 2019 (Premio Literario Estatal de Relato y Novela corta de 2020).
- *El mar*, novela corta, Kijli, 2020.
- *Aris*, novela corta, Kijli, 2021, junto con la poeta Eleni Kofterú.
- *Historias de un pasado futuro*, relatos, Kijli, 2022.
- *Margarita Iordanidi*, novela corta, Kijli, 2024.

Diario de viaje
- *Viaje por Pogoni*, libro de viajes, Fagotto books, 2000, con fotografías de Mijalis Makrópulos.

Ensayo
- *El río del tiempo. Una carta de amor al arte del cine*, Universidad de Creta, 2023.

Infantil
- *Markos y el extraño invento del profesor Sarft*, Kastaniotis, 2005.
- *El carnaval de las maravillas y los monstruos*, Casa Musical Filippos Nakas, 2008, con ilustraciones de Katerina Verutsu. Incluye CD, composición y letras de Giannis Georgantilis.
- *El niño dentro de la maleta*, Pataki, 2013, con ilustraciones de Mara Tsafantaki.
- *El niño y el halcón*, Sociedad de Asesores Ambientales NCC, 2016, con ilustraciones de Mijalis Jatzirvasakis.
- *El Negro Petros*, Universidad de Patras – Facultad de Ciencias Exactas, Departamento de Biología, 2017.
- *La encina dorada*, Kaleidoscopio, 2020, con ilustraciones de Katerina Jadulú.

Mijalis Malandrakis

Nació en 1996 en La Canea y vive en Atenas. Es egresado del Departamento de Comunicación, Medios y Cultura de la Universidad Panteion, así como de la Escuela de Cine y Televisión Likúrgos Stavrakos. Trabaja en el Departamento de Ficción de la Radiotelevisión Pública Griega (ERT). Su novela corta *Patriot* fue galardonada con el Premio Estatal de Autor Debutante. Relatos suyos han sido incluidos en volúmenes colectivos.

Obra

- *Patriot*, novela corta, Polis, 2019 (Premio Estatal de Autor Debutante 2020)
- *Suban la música, por favor*, novela, Polis, 2023

Stavrula Papadaki

Stavroula Papadaki nació en 1991 en el centro de Atenas. Estudió filosofía, pedagogía y psicología en la Universidad de Atenas, estudió poesía griega y europea en la Fundación Sinópulos y creó la revista digital de literatura y arte LYKOS. Trabaja como redactora en el ámbito de la comunicación y el branding, como profesora de estrategia y narrativa en AKTO College y como guionista de cine. Sus textos han sido publicados en revistas impresas y digitales.

Su primer libro de poemas, *Y el mundo qué dirá* (Kapa Publishing, 2023), estuvo en la lista de candidatos al premio de la revista digital *O anagnostis* en la categoría poetas debutantes en 2024 y ha recibido el Premio Literario Estatal al Autor Debutante en 2024.

Akis Papandonis

Nació en Atenas en 1978. Es Profesor de Epigenética en la Facultad de Medicina de la Universidad de Göttingen; además, escribe y traduce literatura.

Su libro *Cariotipo* fue galardonado con el Premio al Escritor Debutante 2015 de la revista *O anagnostis*, y *El último oso del bosque* recibió el Premio de Novela corta de 2024 de la misma revista digital, así como el Premio Literario Estatal de Relato y Novela corta de 2024.

Obra
Poesía
- *bildugsroman*, Kijli, 2021.
Narrativa
- *Cariotipo*, Kijli, 2014.
- *Agua poco profunda, sombras*, Kijli, 2019.
- *El último oso del bosque*, Kijli, 2023 (Premio Literario Estatal de Relato-Novela Corta 2024).

Giannis Pasjos

Nació en 1954 en Ioánina. Estudió Biología en la Universidad Aristóteles de Salónica y se especializó en Biología Molecular y Genética de Organismos Acuáticos en Hungría y Noruega. Es profesor de Ictiología y ha sido galardonado por su contribución al campo. Su obra literaria incluye poesía, colecciones de relatos, novelas cortas y ensayos. (Yannis Paschos – biblionet.gr, www.giannispaschos.gr)

La novela corta *Una noche por un año*, que está a punto de publicarse en francés, y *Las historias mágicas de don Domingo* fueron seleccionadas en las listas de las revistas *Diavazo* y *O anagnostis*.

La novela corta *Crónica de un disléxico* recibió el Premio Estatal de Literatura en la categoría Premio Especia para un libro que fomenta el diálogo sobre cuestiones sociales sensibles, así como el Premio de Novela Corta de la revista digital *O anagnostis* (2023). Fue además llevada al teatro *104* en forma de monólogo (estreno: febrero de 2024, dirección: Dinos Psijogiós). *Las historias mágicas de don Domingo* y *Crónica de un disléxico* han sido traducidas al inglés.

Obra
Narrativa
- *Kyrie Eleison*, relato, Ediciones del Combate Epirota, 2008
- *Una noche por un año*, relatos, Melani, 2009
- *No te vayas*, relatos, Índiktos, 2013

- *Las historias mágicas de don Domingo*, relatos, Perispómeni, 2017
- *Teme a los bebés*, Perispómeni, 2020
- *Crónica de un disléxico*, novela corta, Perispómeni, 2022
Poesía
- *Lila Teman*, texto poético, Ediciones Odós Panós, 2005
- *Vida fuera de horario*, Melani, 2007
- *Grandes canales*, Melani, 2015
- *Cristo ruega a su cuerpo que baje de la cruz*, Perispómeni, 2024

Jaris Vlavianós

Nació en Roma en 1957. Estudió Economía y Filosofía en la Universidad de Bristol y Teoría Política e Historia en la Universidad de Oxford. Ha publicado doce colecciones de poesía, y su obra *Autorretrato del blanco* (2019) recibió el Premio de la Fundación Petros Haris – Academia de Atenas, el Premio Estatal de Poesía 2019, el premio de la revista literaria *O anagnostis* y el premio PUBLIC (en la categoría de Poesía Griega Contemporánea). Sus poemas han sido traducidos a muchas lenguas europeas, y sus obras han sido publicadas en Inglaterra, Francia, Alemania, Suecia, Países Bajos, Irlanda y España.

También ha publicado cuatro colecciones de ensayos. Ha traducido obras de destacados poetas estadounidenses y europeos, como Walt Whitman, Ezra Pound, William Blake, John Ashbery, Zbigniew Herbert, Fernando Pessoa, e.e. cummings, Michael Longley, Wallace Stevens y Anne Carson. Tradujo *Los Cuatro Cuartetos* de T.S. Eliot (2013), una composición emblemática en la historia de la literatura.

Dirige la revista *Poética* (revista semestral sobre el arte de la poesía, publicada por la editorial Pataki), que en 2018 recibió una distinción honorífica por parte de la Dirección de Letras del Ministerio de Cultura en el marco de los Premios Estatales de 2019. Ha recibido el Premio Estatal de Poesía de 2019. Enseña historia y teoría política en el Colegio Americano de Grecia.

Obra

Poesía

- *Sonambulismos*, Plethron, 1983.
- *Vendedor de milagros*, Plethron, 1985.
- *Modo de decir*, 1986.
- *Negación sin rival*, 1989.
- *La nostalgia de los cielos*, Nefeli, 1991.
- *Adieu*, Nefeli, 1996.
- *El ángel de la historia*, Nefeli, 1999.
- *Después del fin de la belleza*, Nefeli, 2003.
- *La superficie de las cosas*, Diatton, 2006.
- *Vacaciones en la realidad*, Pataki, 2009.
- *Sonetos de la desgracia*, Pataki, 2011.
- *La historia de la filosofía en 100 haikus*, Pataki, 2011.
- *El frágil dominio de las palabras*, Pataki, 2013.
- *Autorretrato del blanco*, Pataki, 2018 (*Premio Estatal de Poesía 2019*).
- *Renacimiento*, Pataki, 2024.

Narrativa

- *La sangre, agua*, Pataki, 2014.
- *El diario secreto de Hitler*, Pataki, 2016.
- *Ahora hablaré yo*, Pataki, 2016.
- *Diálogos platónicos o por qué todos hacen fiestas en casa*, Pataki, 2022.

Ensayo

- *Resistance and Revolution in Mediterranean Greece: The Strategy of the Greek Communist Party*, Londres, 1989.
- *Greece 1941–1949: From Resistance to Civil War*, Londres, 1992.
- *El otro lugar*, Nefeli, 1994.
- *La Divina Comedia de Dante como autobiografía poética*, 2004.
- *Britannica*, Nefeli, 2004.
- *¿A quién le importa la poesía?*, Polis, 2007.
- *El doble sueño de la escritura*, Pataki, 2010.
- *Por qué escribo poesía*, Agra, 2015.

Stavros Zafiríu

Nació en 1958 en Salónica. Hasta la fecha, ha publicado quince libros de poesía. También escribe textos críticos en revistas literarias y periódicos. Sus poemas han sido traducidos y publicados en la mayoría de los idiomas europeos.

En Francia, sus libros *¿Hacia dónde? – Una historia de guerra* (*Vers Où – Une histoire de guerre*), *Difícil* (*Difficile*) y *Las cosas naturales* (*La Physique*) han sido publicados por la editorial L'Harmattan. En Italia se han publicado sus antologías poéticas *Giusto per non dementicar la lingua* y *Quanto il rumore della vita teme la propria eco.*

Por su libro *Cielo verde, hierba azul* fue galardonado con el Premio Literario Estatal de Poesía de 2023. Por el libro *¿Hacia dónde?* recibió en 2013 el Premio de Poesía de la revista digital de libros y artes *O anagnostis.* También fue reconocido con el Premio al Escritor por el conjunto de su obra otorgado por la Asociación de Cultura Grecia-Chipre.

Entre 2021 y 2023 fue miembro de la Junta Directiva de la Sociedad de Escritores.

Obra
Poesía
- *La planta flexible*, Egnatía, 1983.
- *Y blufemos en el sueño*, E.M.A.E., 1984.
- *En la muda*, E.M.A.E., 1986.
- *Luna llena cálida*, Ropton, 1988.

- *La segunda mariposa y el fuego*, Nefeli, 1992 (reimpresión 1999).
- *Las mascotas*, Entevktirio, 1997.
- *Atropos de los días*, Nefeli, 1998.
- *Discurso del cuerpo*, Horizontes Contemporáneos, 2004.
- *Espaciales*, Nefeli, 2007.
- *Culpabilidad* (El monólogo de un perpetrador), Nefeli, 2010.
- *¿Hacia dónde?* (Una historia de guerra), Nefeli, 2012.
- *Difícil*, Nefeli, 2014.
- *Autoinmune* (Un melodrama), Nefeli, 2017.
- *Las cosas naturales*, Nefeli, 2019.
- *Cielo verde, hierba azul,* Nefeli, 2022 (Premio Literario Estatal de Poesía 2023).
- *La crónica de la siempre última muerte*, Nefeli, 2024.

Cuentos

- *La gran ciudad y los cuatro hermosos sueños*, Paratiritís, 1997.
- *El leñador que se convirtió en ángel*, Horizontes Contemporáneos, 2000.
- *El carnaval de los animales* (cuento teatral en verso), Horizontes Contemporáneos, 2000.
- *El pequeño piloto*, Nefeli (ed. Tsalapeteinós), 2019.

Nk-1-1